EVA ROSSMANN

Wer fastet, stirbt länger

Kulinarische Kurzkrimis

folio

Inhalt

Pasta mortale ... 7

Wer fastet, stirbt länger ... 27

Die Rache des Oktopus ... 51

À la Mord ... 77

Eine Heldinnentat ... 93

Gegen alles ein Kraut ... 115

Sie haben das schon gegessen ... 137

Wiener Kugel, mitten ins Herz ... 145

Rezepte ... 175

Danke! ... 204

PASTA MORTALE

Bruno schaut an sich hinunter. Das, was andere als ihr bestes Stück bezeichnen, hat er schon lange nicht gesehen.

Ein Gebirge von Mann, nennt ihn Angelika gerne. Seit der letzte Arzt das Weite gesucht hat, weiß er nicht mehr, wie viele Kilos er hat. Die meisten Waagen enden bei hundertachtzig. Vor kurzem hat er im Internet eine entdeckt, deren Ergebnisse auf dem Handy ablesbar sind. Anzeigen, die bei den Zehen aufpoppen, sind nutzlos. Siehe bestes Stück. Bei all dem ist sein Bauch vor.

Zeit, sich anzuziehen. Eine mühsame Sache. Üblicherweise wälzt er sich in den Jogginganzug, den ihm seine Frau letzte Weihnachten geschenkt hat. Maßgeschneidert. Jogging: Das bezieht sich nicht auf eine eventuelle Tätigkeit, sondern auf Material und Schnitt: bequem, dehnbar, Gummizüge.

Bruno keucht. Heute muss er in die graue Stoffhose. Sie ist eingegangen. Wie mühsam, sich zu setzen und die Arme so zu strecken, dass er den ersten Fuß ins Hosenbein fädeln kann. Aber erst dann kommt das Kunststück: nicht vom Lehnstuhl zu fallen, während der zweite Fuß das zweite Beinloch sucht. Er mag seinen Anwalts-Kollegen Oskar Kellerfreund. Trotzdem hätte er ihn am liebsten wieder ausgeladen. Schweiß rinnt ihm über die Stirn. Die Hose packen und bis zu den Oberschenkeln ziehen. Oskar will mit ihm über eine Kollegin reden. Bruno war schon lange nicht mehr in seiner Kanzlei, aber alles lässt sich nicht am Laptop im Arbeitszimmer daheim erledigen. Und Alexander Bonnini, sein langjähriger Mitarbeiter, ist ein Idiot. Bruno hustet. Er müsste mehr an die frische Luft. Auch wenn sein letzter Arzt gemeint hat, dass das, was ihn plagt, keine Erkältung ist. Fettgewebe und Wasser drücken nicht nur auf Herz und Leber, sondern auch auf die Lunge. Angelika hat ihn für einen Scharlatan gehalten. Sie kennt ihren Bruno viel besser. Sie war Krankenschwester, als er sie vor fast vierzig Jahren geheiratet hat. So jung waren sie damals. Sie hat gearbeitet, er hat studiert und seine letzten Prüfungen absolviert. Natürlich hat er ihr das, als er ins Verdienen gekommen ist, gedankt: Sie musste sich nicht mehr um die Krankheiten anderer Leute kümmern. Nur Kinder, die sind ihnen leider versagt geblieben. Ein größeres Problem für sie als für ihn, aber so ist das wohl meistens.

Bruno schnuppert. Sie hat eines seiner Lieblingsgerichte vorbereitet: Lachsfilet in einer Oberssauce mit Oliven und Kapern. Damit er sich auf etwas Besonderes freuen kann, heute Abend. Und weil diese Mira, Oskars Frau, lieber Fisch als Fleisch hat. Sie ist Journalistin, keine Schönheit, aber irgendwie ganz apart. Nichts, was ihn noch über Gebühr beschäftigt. Dieses Herumgebalze – eigentlich war es vor allem anstrengend. Bruno lächelt, er gibt sich einen gewaltigen Ruck, er steht, packt die Hose am Gummizug, zerrt und schiebt so lange, bis sie sitzt. Er und Angelika: Sie passen gut zusammen. Er isst so gerne. Sie kocht so gerne.

Er hat um weitere zwanzig Kilo zugelegt, denkt Mira. Sie versucht Oskars Kollegen nicht anzustarren. Bruno hockt auf dem überbreiten verstärkten Sessel wie ein Nilpferd, das ein besonderes Kunststück vorführt. Mira ist eine, die weniger Kalorien als Genussmomente zählt. Aber heute Abend hat sie kaum Appetit. Dabei kocht Angelika wirklich fantastisch. Die mit Trüffelpastete gefüllten Blätterteigtaschen, die es zum Vermouth gegeben hat, konnte sie noch mit Freude essen. Aber dass Oskar gleich zwei davon genommen hat: Er sollte sich seinen Kollegen ansehen.

Dann hat man ein bisschen geschwatzt, eine Flasche Gelben Muskateller getrunken, original apulische Taralli, Prosciutto und Sopressa, diese köstliche venetische Wurst, genascht und Vivaldi gehört. Während Angelika etwas von besonders magenfreundlichem Carnaroli-Reis gemurmelt hat, ganz pur quasi, ohne Fleisch dazu. Der Gesundheit zuliebe. Man glaube es nicht, wenn man sich diesen kräftigen Mann ansehe, aber ihr Bruno sei sehr empfindlich.

Die Küche der De Fontis ist in den Wohnraum integriert. Mehr noch: Sie ist Zentrum, Kraftwerk, Atomkern ihres Lebens. Eigentlich nicht so viel anders als bei ihnen daheim, denkt Mira. Nur dass die Proportionen verschieden sind. Bei ihnen ist die Küchenzeile am Rand. Bei ihnen wird, bei aller Liebe zu gutem Essen, auch Zeit ohne Nahrungsaufnahme oder die Sorge darum verbracht. Bruno sollte ihnen Mahnung sein, Monument für die Folgen eines aus dem Ruder gelaufenen Lebens. Mit gut zweihundert, vielleicht auch dreihundert Kilo. Man muss zugeben, die Kochinsel ist eindrucksvoll. Und hochmodern. Das Beste vom Besten. Rundum Schränke mit Vorräten. Angelika wischt sich eine blond gefärbte Haarsträhne aus dem Gesicht. Sie ist mollig, aber nicht dick. So viel zu kochen, verbraucht offenbar auch Kalorien.

„Ausreichend und gutes Knochenmark vom Kalb zu bekommen, ist ein Problem in Wien“, doziert sie. „Aber ohne Knochenmark kein echtes Risotto Milanese. Riecht ihr, was für ein Duft? Das kriegst du mit Olivenöl nicht hin. Da brauchst du als Geschmacksträger das richtige Fett.“

Sie rührt, schöpft kochenden Kalbsfond zum Reis.

Bruno schiebt das nächste Stück Sopressa in den Mund.

„Ich liebe Risotto", sagt Mira. Obwohl das stimmt, fühlt es sich falsch an. Wie witzig Oskars Kollege früher war. Wendig, auch mit Worten. Oskar soll endlich von Daniela erzählen, seiner Kollegin, die sich vorstellen kann, in Bruno De Fontis Kanzlei zu wechseln – mit der Perspektive, sie in absehbarer Zeit zu übernehmen. Aber Oskar scheint sich seinem Kollegen angepasst zu haben. Er isst – zum Glück Prosciutto – und schweigt.

Was bleibt Mira übrig, als die Konversation zu übernehmen? „Für meine Oma war Öl gar kein Fett."

„Ist es auch nicht", murmelt Angelika. „Nicht im klassischen Sinn der Wiener Küche."

„Zu mager?", versucht Oskar zu scherzen. Sieht aus, als würde er sich auch nicht restlos wohlfühlen.

Bruno lacht, es geht in einen Hustenanfall über. Angelika sieht ihn mit gerunzelter Stirn an.

Was will sie? Ihn notschlachten? Ihm Lebertran einflößen? Er fängt sich wieder und Mira fährt rasch fort. „Meine Oma war als junges Mädchen, noch in den letzten Jahren der Monarchie, Köchin bei einer Herrschaftsfamilie in Budapest. Davon hat sie oft erzählt. Sie hat sehr gerne und eher üppig gekocht. Ich habe als Kind ihr Cordon Bleu geliebt. So richtig schwimmend knusprig in der Pfanne herausgebacken. Meine Mutter war damals schon auf dem Gesundheitstrip und hat über das viele Fett geklagt. Und Oma darauf: ‚Das ist doch gar kein Fett, das ist bloß Öl!'"

Schweigen.

Oskar versucht ein Lachen.

„Da hat sie recht", sagt Angelika. „Siehst du, Bruno, wir hätten doch Cordon Bleu machen sollen. – Bruno liebt es. Ich habe ein ganz besonderes Rezept. Mit Brie und einem einzigartigen Schinkenspeck aus Bologna. Aber er hat gemeint, das ist nach dem Risotto zu viel. Für euch."

Jetzt hustet Oskar.

„Es geht eine wirklich böse Erkältung um", stellt Angelika fest. „Mein Bruno wird sie nicht und nicht los."

„Der Arzt hat gesagt …", setzt dieser an.

„Der Arzt war ein Trottel, um das freundlich auszudrücken. Keine Ahnung von nichts, abgehobene Typen, diese Internisten und sogenannten Allgemeinmediziner. Ich könnte euch Geschichten erzählen … So. Fertig ist das Risotto. Jetzt noch ein Stückchen Butter und frisch geriebenen Parmesan einrühren … Ganz einfach, ganz klassisch. Und magenfreundlich!"

Es riecht großartig. Es hat eine wunderschöne Safranfarbe. Es schmeckt hinreißend. Trotzdem: Mira wünscht, Angelika hätte ihr weniger in den tiefen Teller gegeben. Auch wenn Bruno gut die doppelte Menge bekommen hat.

Er nimmt eine große Gabel voll, kostet, schluckt, lächelt. „Angelika, du hast dich wieder einmal selbst übertroffen!"

Oskar nickt und nimmt schon die zweite Gabel. Seine Portion ist definitiv zu groß.

Bruno schaufelt, bemerkt Miras Blick, versucht ihr zuzuzwinkern. Selbst sein Augenlid ist fett, stellt Mira fest. „Essen ist der Sex des Alters", versucht er zu scherzen. „Gutes Essen ist der gute Sex des Alters!"

Früher war er wirklich witzig. Jetzt reicht es nur mehr für Gemeinplätze. Sex des Alters? Bruno ist gleich alt wie sie. Alt? Sie fühlt sich nicht alt. Üblicherweise.

„So gesehen feiern wir jeden Tag Orgien. Mehrere!", setzt Bruno noch eins drauf.

Angelika sieht ihn pikiert an. Orgien scheinen nicht so ihr Ding zu sein.

Beim Hauptgang, dem Lachsfilet („Ich nehme immer den Bauchlappen, die Japaner, die wirklich etwas von Lachs verstehen, bezahlen für gute Bauchlappen enorm viel Geld“) in Kapernsauce („Das Obers ist einfach der …“ – klar, was jetzt kommt, hat Mira gedacht – „… Geschmacksträger!“), wird dann doch noch über Geschäftliches geplaudert. Bruno De Fonti hat den Rest der Sauce – sie ist wirklich großartig – mit mehreren Scheiben Weißbrot aufgetunkt. „Da kann man nichts übrig lassen“, schmatzt er.

Mira kann. Angelika belässt es nicht bei einem vorwurfsvollen Blick. „Dabei hat Bruno gemeint, du hast lieber Fisch. Wahrscheinlich hat er wieder einmal nicht aufgepasst.“

„Du meinst also, diese Daniela Schullian würde es bei mir aushalten?“, versucht Bruno das Gespräch auf Unverfänglicheres zu lenken.

Oskar nickt. „Sie war an sich Strafverteidigerin, hat dann aber in meiner Kanzlei ein Wirtschafts-Praktikum gemacht und ist für einige Jahre zurück nach Südtirol. Jetzt will sie wieder nach Wien. Irgendeine private Sache. Sie ist eine wirklich gute Anwältin. Und hat deine Kombination: Straf- und Wirtschaftsrecht. Besser geht's nicht, oder?“

„Klingt gut. Ich sollte zurückschalten …“

„Das ist alles zu viel für ihn“, setzt Angelika ein. „Er muss sich schonen. Wobei ich ja finde, dass Doktor Bonnini seine Sache gut macht. Eine treue Seele. So was ist selten.“

„Daniela stammt aus Bozen und ist zweisprachig. Was ist mit deinem Bonnini? Soll der bleiben?“

„Das könnte sie entscheiden. Karrierist ist der Bonnini jedenfalls keiner. Wenn er ab Freitagmittag frei hat, ist er glücklich. Dann rennt er einen Marathon oder geht Eisklettern. Dabei ist er schon über fünfzig. Jeder wie er will.“

„Ich dachte immer, er hat … ganz gute Beziehungen", sagt Mira. Die Gerüchte, in De Fontis Kanzlei gäbe es ein gewisses Naheverhältnis zu mafiösen Vorfeldorganisationen, kennt sie, seit sie Oskar kennt. Sie haben Brunos Ruf nicht geschadet, ganz im Gegenteil. In Wien haftet einem Hauch von Mafia noch immer etwas Abenteuerliches an.

„Bonnini? Der kann eine Bologneser Mortadella nicht von einer Blutwurst unterscheiden. Der würde nie erschossen!"

„Warum erschossen?"

„Du kennst den Mafiawitz wirklich nicht?"

Mira schüttelt den Kopf.

„Ein Mafiaboss der alten Schule sitzt mit seinem Sohn in einer Bar und lässt drei Mafiosi kommen. Er fragt den ersten: Was ist zwei mal sechs? Der antwortet: Natürlich drei! Blödsinn! Er fragt den zweiten: Was ist zwei mal sechs? Der überlegt ein bisschen und sagt dann: Hm … vielleicht acht? Falsch, du Trottel! Der dritte bekommt dieselbe Frage. Er antwortet, wie aus der Pistole geschossen: Zwölf! Der Mafiaboss steht auf und erschießt ihn. Aber … das war doch richtig, warum hast du ihn erschossen?, fragt sein Sohn. – Er hat zu viel gewusst!"

Sie lachen. Alle, selbst Angelika.

„Es ist schon traurig", murmelt Mira, als sie und Oskar eine Stunde später von der U-Bahn durch die Wiener Innenstadt nach Hause gehen. „Er war mal richtig attraktiv."

„Du warst in ihn verliebt!"

„Quatsch. Und klar ist Mafiaromantik Blödsinn. Aber er hatte Stil. Er war charmant, witzig. – Sie füttert ihn zu Tode."

„Sieht so aus."

„Ich meine: absichtlich."

Oskar bleibt stehen. „Unsinn!"

„Die weiß, was sie tut. Es ist ihre Rache."

„Rache wofür?"

„Für seine zahlreichen Affären, früher. Sie war das Heimchen am Herd, er der feurige Mafioso-Anwalt."

Oskar lacht leise. „So hast du ihn also gesehen!"

Mira schiebt ihre Hand in seine und zieht ihn weiter. „Ich rede nicht von mir. Ich hatte schon damals einen überaus klugen, attraktiven und dabei geduldigen Partner." Wie schön, so zu witzeln und durch die nächtliche Innenstadt zu gehen. Ein paar versprengte Touristen, ansonsten viel Platz und dieses Gefühl, gemeinsam da und doch aus der Zeit gefallen zu sein.

„Lenk nicht ab!"

„Tu ich nicht", fährt Mira fort. „Ich glaube es wirklich: Die bringt ihn auf Raten um. Und keiner kann das beweisen."

„Du meinst, richtig so mit Vorsatz und Absicht und …"

„Ein Mord mit großer Geduld."

Oskar schüttelt den Kopf. „Wenn, sind die zwei ein Fall für den Psychiater. Eines dieser schaurigen Abhängigkeitsverhältnisse, die sich aus Beziehungen entwickeln und kippen können."

„Man müsste nachforschen, ihr näher kommen …", überlegt Mira.

„Du meinst, deine Freundin Vesna bringt selbst sie zu einem Geständnis?"

„Hm, keine dumme Idee. Ich könnte ihnen Vesnas Reinigungsunternehmen empfehlen – dann kommt Vesna höchstpersönlich und putzt und …"

„… und kümmert sich wieder mal um das, was sie nichts angeht."

„Du weißt, warum sie keine Privatdetektivlizenz hat!"

„Weil sie meint, keine zu brauchen."

„Weil diese Branche schaurig verzopft ist. Außerdem macht sie Personenschutz. Ganz legal. Sie könnte mit Freundinnen von Angelika ins Gespräch kommen. Vielleicht hat sie einer etwas erzählt."

Oskar lacht amüsiert. „Und du schreibst dann eine Boulevard-Aufdecker-Reportage: ‚Mafia-Anwalt von Gattin zu Tode gefüttert!'"

„Wer weiß?"

„Vergiss es. Auch wenn mir Bruno wirklich leidtut. Nur: Es ist seine Entscheidung, wenn er sich zu Tode frisst. Das würde übrigens auch jeder Richter sagen."

„Nur, wenn es ihm bewusst ist."

„An seine Mafia-Beziehungen habe ich übrigens nie geglaubt. Da reicht schon ein italienischer Name für solche Gerüchte. Er hat damit einige gute Klienten, vor allem Klientinnen, an Land gezogen. Früher."

„Und Liebhaberinnen."

„Auch da ist wohl vor allem geredet worden. Die Frauen sind auf ihn geflogen und er hat das gemocht. Aber …"

Jetzt ist es Mira, die lacht.

„Was?", fragt Oskar.

„Keine Sorge, aus eigener Anschauung, wie das so schön heißt, kann ich das nicht bestätigen, Herr Anwalt. Aber vom Hörensagen … da kenne ich ein paar wirklich gute Geschichten. – Es ist echt schade um ihn!"

Oskar versucht ihren Kater Vui zu überzeugen, dass er heute schon gefüttert worden ist. Und das nicht zu knapp. Aber Katzen haben ein verdammt kurzes Gedächtnis, was Nahrungsaufnahme angeht. Bruno De Fonti. Vielleicht liegt es daran: ein kognitiver Defekt. Er nimmt nicht wahr, wie oft er wie viel isst.

Sein Mobiltelefon. Er ist ohnehin schon spät dran. Natürlich sieht er trotzdem aufs Display. Kanzlei – De Fonti. Gedankenübertragung? Er hat seit gut einer Woche nichts von ihm gehört.

Bonnini am Apparat. Umständlich wie immer. „Was ist?", fragt Oskar genervt. Vui starrt ihn an. Mira kommt und wirft ihm einen neugierigen Blick zu. So ungeduldig ist ihr Oskar selten.

Dann: Ja. Nein. Warum haben Sie nicht schon längst ... Ja. Ich kümmere mich darum. Nein. Da hilft nichts. „De Fonti", sagt Oskar dann Richtung Mira.

„Jetzt hat sie es also geschafft."

„Was? Nein, er ist offenbar verschollen. Das heißt, er geht nicht ans Telefon. Beantwortet keine Mails. Hat aufs Türklingeln nicht reagiert."

„Eben. Und sie?"

„Bonnini hat keine Nummer von ihr. Daheim scheinen sie nicht zu sein."

„Ich rufe Vesna an. Wir fahren hin."

Die hintere Gartentür lässt sich mit einem Schalter unter dem Schild mit der Hausnummer öffnen. Das ist auch heute so. Das Garagentor ist zu. – Kann Bruno überhaupt noch Auto fahren? Fährt sie ihn? Aber darum geht es nicht. Sie stehen vor der hohen weißen Sicherheitstür mit dem Kranz aus Seidenblumen. Welcome. Mira hat ihn schon beim letzten Mal schrecklich gefunden.

Am Gehsteig eine junge Frau mit einem gefleckten Hund. Sie bleibt stehen, starrt sie an. Ob sie die De Fontis in den letzten Tagen gesehen hat, fragt Mira.

„Warum?", lautet die misstrauische Rückfrage.

„Weil sie nicht aufmachen."

„Ich wohne drei Häuser weiter. Ihn habe ich ewig nicht mehr gesehen, man sagt, der passt nicht mehr durch die Tür. Stimmt es, dass er ein Mafiapate ist?“

„Ja“, sagt Oskar und Mira sieht ihn überrascht an. „Hat jemand einen Schlüssel für das Haus?“

„Brauchen Sie den?“, ist die schnippische Gegenfrage. Und weg ist die Anwohnerin. Vielleicht um die Polizei zu rufen. Das könnte ohnehin notwendig werden. Mira und Oskar denken es gleichzeitig.

Sie klingeln. Und klingeln wieder. Keine Reaktion. Dass Vesna kommt, erspart ihnen weitere Entscheidungen. Oskar murmelt noch etwas von Hausfriedensbruch.

„Gefahr im Verzug“, murmelt Vesna und hantiert schon mit einem Werkzeug, das ähnlich vertrauenswürdig aussieht wie ein Zahnarztbohrer.

„Das gilt bloß für die Polizei“, erwidert Oskar halbherzig. Sinnlos, sich mit Miras Freundin auf juristische Diskussionen einzulassen.

„Hallo?“, ruft er, als sie im Vorraum stehen.

Vesna legt den Finger auf ihre Lippen. Lautlos, langsam bewegt sie sich der Wand entlang, huscht durch den offenen Türbogen.

Mira schnuppert. Ein unangenehmer Geruch. Süßlich, modrig, nicht deutlich, aber vorhanden. Verdorbene Lebensmittel? Oder …

„Bruno?“, versucht es Oskar noch einmal.

Er wird nicht mehr antworten, denkt Mira. Sie greift Oskar auf den Unterarm. Er zuckt zusammen. – Und wo ist Angelika? Jetzt davonzulaufen, wäre doch …

„Da!“, hört Mira ihre Freundin aufschreien.

Bruno. Der charmante, geheimnisumwitterte witzige Anwalt. Der ultimative Fettsack. Sie haben ihm nicht helfen können. Mira atmet tief ein und bewegt sich langsam, widerwillig dorthin, wo Vesna ist. Kein Grund mehr zur Eile. Seine Frau hat es geschafft. Der perfekte Mord. Oskar hält sich hinter ihr.

Mira muss zweimal hinsehen. Sie kneift die Augen zusammen. Da hat ihr das Licht, das durch die hohen Fenster kommt, einen Streich gespielt Am Boden, nahe beim Ausgang zur Veranda, liegt … Angelika. Unverkennbar, auch wenn das Gesicht im dicken Flokati-Teppich halb vergraben ist. Weiß war er, jetzt hat er braune und rötliche Flecken. Dieselben Farben wie an ihrem Hinterkopf. Daneben eine große, gusseiserne Pfanne. Essensreste, die sich nicht so einfach identifizieren lassen.

Vesna kniet neben der Frau, streckt die Hand aus, um ihren Puls zu messen, steht wieder auf, schüttelt den Kopf. „Sie ist ganz kalt. Sie ist schon lange tot. Ihr merkt den Geruch?"

„Die Pfanne", krächzt Mira.

Vesnas Blick wird wieder professionell. „Da sind Reste. Aber ich glaube nicht, sie sind es, die so riechen."

„Wo ist Bruno?", fragt Oskar.

Mira sieht es vor sich: Fleischberg auf dem Bett, hingerichtet, geschlachtet.

Ein Husten. Sinnestäuschung. Alle drei stehen sie still. Lauschen. Da. Husten.

Oskar setzt sich in Bewegung. Mira schüttelt den Kopf. Er darf nicht! Was, wenn sich die Täter … – Warum sollten sie so lange bleiben?

Vesna folgt ihm.

„Bruno?", ruft Oskar.

„Ja!", kommt es schwach zurück.

Er sitzt in seinem Lehnstuhl. Das Oberteil des dunkelblauen Hausanzugs klafft auseinander. Flecken auf dem beigen Polo-Shirt. Wie von Fett. Wie von Ei. Nichts in der Farbe von geronnenem Blut.

„Bist du okay?", fragt Oskar. Und denkt in derselben Sekunde, dass es wohl dämlicher nicht geht.

Doch Bruno nickt.

„Was ist passiert?", fragt Vesna.

Bruno deutet auf sie. „Wer …"

„Meine beste Freundin", stellt Mira sie vor. Als ob es sich um eine weitere Einladung zum Abendessen handeln würde.

Er nickt und sagt wenig charmant: „Auch schon egal. Ich … ich weiß nicht mehr viel. Es … sie sind gekommen, zwei von … ihr wisst schon …"

„Mafia?", fragt Vesna. „Welche?"

„Ich … vielleicht 'Ndrangheta, kann sein, Bologna. Sie sind rein und haben … sie erschlagen. Sie haben nicht viel gesagt. Nur, dass sie mich noch brauchen. Ich kann mir … keinen Reim darauf machen. Sie sind weg. Ich bin wohl … ohnmächtig geworden. Ich kann mich nicht erinnern …"

Vesna sieht De Fonti mit einem wenig mitleidigen Blick an. „Verletzt sind Sie nicht, oder?"

„Nein, ich glaube nicht."

„Was soll das heißen, die brauchen Sie noch?"

Bruno stöhnt. „Darüber denke ich seither nach."

„Ein Geschäft? Hast du für sie etwas … erledigt? Was abgewickelt? Kann ja auch legal sein, Verträge?", fragt Oskar.

Er schüttelt langsam den Kopf. „Ich … kannte sie nicht."

Mira überlegt, ob sie es aussprechen soll. Ein derangiertes Gebirge in einem Lehnsessel. Drei Menschen vor ihm. Besorgt. In Vesnas Fall wohl vor allem neugierig. Es ist alles so unwirklich. Wie lange ist es her, dass seine Frau über Fett als Geschmacksträger doziert hat? „Kann es sein, die wollten verhindern, dass Angelika dich zu Tode füttert?"

Stille. Mira wünscht, sie hätte es nicht gesagt. Bruno De Fonti gibt einen gurgelnden, grunzenden Laut von sich. Als gäbe ihm das den Rest.

„Vielleicht" stöhnt er dann.

Oskar ist es, der die Polizei verständigt.

Das Festnetztelefon. Sie zucken zusammen. Nur Bruno sitzt stumm und ergeben da. Wie lange schon? Einen Tag? Zwei Tage? Rückruf der Einsatzzentrale? Mira sieht zu Bruno. Der nickt.

„Bei De Fonti?"

„Hallo? Wer sind Sie?", ruft jemand am anderen Ende.

„Das ist Bonnini", gurgelt sein Chef. „Er soll später anrufen."

„Ist alles in Ordnung?"

„Kann man so nicht sagen", murmelt Mira und geht mit dem Mobilteil Richtung Wohnraum. Irgendwo dort muss auch Vesna sein. Sie darf nichts berühren. Die Polizei …

„Dann ist es also passiert", ächzt Bonnini. „Die hat ihm den Rest gegeben, ich habe Angelika gewarnt."

„Wer? Wovon reden Sie?"

„Die Anwältin. Bruno war ganz hin und weg von ihr. Völlig vernarrt. Das hält sein Herz nicht mehr aus. Ist er …"

„Er lebt."

„Gott sei Dank!" Ein Stoßseufzer, der echt klingt. Unwahrscheinlich, dass er etwas mit der Sache … andererseits: Auch Bonnini wurden immer wieder Mafiakontakte unterstellt. Raffiniert, mit dem Gerücht zu spielen. Bruno De Fonti deckt seinen Mitarbeiter. Oder er fürchtet sich vor ihm. – Hat beim Abendessen vor einer Woche nicht gerade danach geklungen.

„Diese Schullian hat ihm alles Mögliche eingeredet“, fährt Bonnini fort. „Er wollte eine Diät machen, die bei ihrem Onkel sehr gut geholfen hat. Dazu irgendwas Stationäres mit strengen Nonnen, klar, dann hätte sie in der Kanzlei währenddessen freie Hand gehabt. Sie haben bereits einen Vertrag gemacht, glaube ich.“

„Sie … haben Angelika davon erzählt?“

„Natürlich, das musste ich! Sie ist es doch, die sich um ihn kümmert, aufopfernd. Sie haben ja keine Ahnung … Es geht ihm wirklich nicht gut.“

„Danke, wir melden uns.“

„Sagen Sie De Fonti, er kann sich auf mich verlassen!“

Mira nickt und drückt die Beenden-Taste. Was, wenn alles so, wie es aussieht, und trotzdem ganz anders war? Wenn es Daniela Schullian ist, die Kontakte zum organisierten Verbrechen hat? Sie braucht De Fonti noch, um ihr die Kanzlei zu überschreiben. Sie hatte Angst, Angelika könnte ihn zu Tode füttern, bevor sie ihren Plan durchgezogen hat. Mira kennt diese Schullian kaum, lange her, dass sie ein paar Monate bei Oskar war. Jedenfalls schwärmt er von ihr. Und er kann so etwas von gutgläubig sein. Vor allem, wenn es um raffinierte Frauen geht.

„Stopp!“, sagt Vesna. Sie deutet auf den Boden bei der Kochinsel. „Fett, schlecht aufgewischt. Wahrscheinlich war da auch Blut. Auf den Schränken sind Spuren.“

„Und was ist mit dir?“

„Ich bin vorsichtig. Schaue lieber in die Pfanne. Aber ohne sie zu berühren. Was klebt da noch drin? Wie lange schon?“

„Bin ich Forensikerin? Warum liegen die Pfanne und Angelika drüben bei der Verandatür und die Flecken sind hier?“

Vesna nickt. „Habe ich mir auch gedacht. Es ist einfach, da brauchst du keinen Trupp Spurensicherer. Die Leiche ist bewegt worden. Nach dem Muster auf dem Boden nicht geschleift, sondern gerollt."

„Das heißt: Die wollten sie eigentlich mitnehmen und sind gestört worden? Von Bruno?"

„Na ja." Ihre Freundin zieht Handschuhe über. Hat sie immer in der Tasche. Sie öffnet den ersten Unterschrank, dann den nächsten. Begutachtet einen Topf besonders genau, beginnt dann im Müllbehälter zu wühlen. Legt einige zerknüllte Stücke Einschlagpapier für Lebensmittel ins Waschbecken. Dann zwei durchsichtige Plastiksäcke, auf denen noch das Verpackungsetikett klebt.

„Was glaubst du, hat seine Frau sauber abgewaschen und Müll getrennt?"

Mira entkommt ein Grinsen. „Akribisch. Da bin ich mir sicher."

„Dachte ich schon." Vesna fischt ein kleineres Stück Papier aus dem Behälter. Liest.

„Kassabeleg. Von gestern früh. Sie hat einen Kilo Bauchspeck gekauft. Und einen Liter Obers. Und ein halbes Kilo frische Pasta. Pici – was ist das für eine?"

„Wird nicht mit k ausgesprochen, sondern ‚Pitschi'."

„Darum es geht nicht. Mach weiter. Gleich ist Polizei da."

„Und was sagst du denen?"

„Wir werden schon sehen." Vesna reißt eine Kühlschranktür nach der anderen auf.

„Pici sind toskanische Nudeln, so ähnlich wie Spaghetti, nur viel dicker. Köstlich. Aber ich verstehe nicht: Sie hat doch immer eingekauft. Jede Menge. Was ist daran ..."

„Ich muss nachsehen, ob noch etwas davon da ist. Ich glaube nicht. Bisher habe ich nur schlecht gereinigten Topf und die zerknüllten Verpackungen."

„Du meinst … die Mafiosi haben gegessen, bevor sie Angelika ermordet haben?“

„Kann ich mir nicht vorstellen. Was hat sie aus dem Zeug gemacht?“

„Pici Carbonara. Stile Tedesco. Im deutschen Stil. Hat sie uns erzählt, so mag sie Bruno am liebsten. Bei der originalen Pasta Carbonara ist kein Obers dabei.“

„Du meinst: ein Kilo Bauchspeck, jede Menge Eier, darüber einen Liter Obers? Und dann darin ein halbes Kilo dicke Nudeln versenken?“

„Klingt grausig. Dabei kann Carbonara sehr gut sein. Und gar nicht so fett, wenn man sie nach originalem Rezept macht. Obwohl … laut Alberto Grandi, Historiker an der Uni von Parma und Kulinarik-Experte, sind die Spaghetti Carbonara erst von den in die USA emigrierten Italienern erfunden worden – als Antwort auf das amerikanische Frühstück mit Speck und Ei.“

Vesna stöhnt. „Du erzählst ein anderes Mal.“

„Die Reste in der Pfanne könnten zu Carbonara passen. Und: Da gibt es was anderes …“ Während Vesna akribisch kontrolliert, was in den diversen Kühl- und Vorratsschränken ist, erzählt Mira von der Anwältin, Brunos Begeisterung, ihrem Verdacht.

„Was, wenn er wirklich sein Leben verändern wollte und sich geweigert hat, diesen Wahnsinn zu essen?“

Mira schüttelt den Kopf. „Das hätte er nicht geschafft. Er ist verrückt, wenn es ums Kulinarische geht. Und nur wegen dieser Anwältin …“

„Du hast recht. Außerdem. Wenn er nicht isst, dann hätte eher sie ihn mit Pfanne erschlagen. Ich glaube, die Anwältin hatte schon mit der Sache zu tun, aber es war viel einfacher.“

Mira nickt. „Sie war es. Sie ist von der Mafia. Sie …“

„Quatsch. Was ist es für eine neue Mafiamethode, jemanden mit Pfanne erschlagen und dann zum Ausgang rollen?“

Im Arbeitszimmer hat sich nicht viel verändert. Bruno De Fonti hockt immer noch, reichlich derangiert und bekleckert, in seinem Lehnstuhl. Oskar sitzt ihm gegenüber.

„Es muss alles anders werden“, sagt der fette Anwalt.

„Deswegen haben Sie Ihre Frau erschlagen“, erwidert Vesna trocken. „Es gibt mehr als genug Spuren: gerollte Leiche und Pfanne am falschen Ort, schmutziger Topf.“

Er sieht sie an. Erstaunt. Mit klarem Blick. „Es war Notwehr. Wir werden auf Notwehr plädieren.“

„Wir?“, fragt Oskar.

„Frau Doktor Schullian und ich. Meine Frau hat versucht, mich mit Pici Carbonara zu ermorden.“

„Und die Beweise?“, fragt Vesna.

„Ich … Man darf so etwas nicht stehen lassen, der knusprige Speck, die Eier, ganz cremig, nicht klumpig, so einfach und doch höchste Kunst …“

„Sie hat Nudeln mit dem ganzen Zeug in dem Topf gemischt. Es war letzte Chance. Oder vorletzte. Sie haben die große Pfanne genommen und sie erschlagen. Und trotzdem alles aufgegessen.“

„Ich konnte nicht anders“, stöhnt er. „Ich hätte nie anders können, deswegen musste ich sie ja …“

„Nur vom Spurenbeseitigen verstehen Sie nichts. Weder vom Topfabwaschen noch von Mülltrennung. Und Sie kommen nicht bis zum Boden, also haben Sie versucht, Frau zu rollen. Aber das ist schwieriger, als man glaubt.“

Bruno hebt die Arme und lässt sie wieder sinken. „Sie hat mich zum Wrack gemacht. Und als sie gemerkt hat, dass ich nicht mehr mitspiele, wollte sie mir den Rest geben. Im letzten Moment …“

Sirenen. Türklingel.

Oskar steht auf. „Notwehr. Damit kommst du nicht durch.“

„Doktor Schullian ist eine gute Anwältin. Und ich bin auch nicht schlecht.“

„Notwehrüberschreitung. Vielleicht.“

WER FASTET, STIRBT LÄNGER

Leyla gibt ihrer Tochter einen Stups. Hinter der Theke kann man das nicht sehen. Sie soll lächeln, nicht dreinschauen, als wäre ihr Vater ein Taliban. Ist er nicht. Maria verdreht bloß die Augen. Dabei: Ist es zu viel verlangt, wenn sie ihr ab und zu hilft? Bert. Bäckt. Mit einem Punkt auch nach Bert. Ganz wird sie die deutsche Sprache nie beherrschen, denkt Leyla. „Bert" ist doch kein Satz. Brotboutique. Das kann sie verstehen. Hier ist eben alles schicker als in einer normalen Bäckerei. Wenn sie die Bezeichnung trotzdem ein wenig lächerlich findet, dann wird das keiner merken. Wie vieles andere, was sie sich denkt, auch nicht.

Lächeln, Maria soll lächeln, das gehört dazu, wenn man Brot verkaufen möchte. Überall, auch in Damaskus, vier Straßen von der Wohnung ihrer Eltern entfernt, dort, wo sie bei Hamid Brot geholt hat. Das beste, deswegen hat ihre Mutter sie auf den weiteren Weg geschickt. Adils Brot hätte es gleich an der Ecke gegeben, aber das war immer ein bisschen zäh. Billiges Mehl, hat die Familie gesagt.

Leyla lässt der Kundin Zeit, sich zu entscheiden. Das ist nicht einfach, es gibt viel Auswahl und zu allem eine Geschichte. Leyla kennt sie auswendig. Lange Teigführung, Reinzuchthefe angereichert mit Kamut, das Fastenbrot der Woche mit Sauerkrautfermentation. Fastenbrot. Was es nicht alles gibt. Es wird Frau Direktor Schwarzkopf gefallen. Die kauft Brot in Gramm. Der dürre Drache, hat Maria gespottet. Wehe, sie sagt das laut. Frau Direktor hat ihnen schon viel geholfen. Leyla hat ein schlechtes Gewissen, dass sie insgeheim lachen muss, wenn Maria Witze über die Schwarzkopf reißt. Dürr ist sie schon, auch alt, aber sehr gepflegt. Sie hält sich ganz gerade. Ihr Mann war der Direktor einer großen Bank. Jetzt ist er tot. Sie macht Charity und tritt sogar ab und zu im Fernsehen auf. Wenn auch nicht so oft wie ihr Freund, Herr Doktor Berger. Der ist ein berühmter Arzt. Und Buchautor. Ihm gehört das Haus, in dem ihre Filiale von Bert.Bäckt. ist. Ein bisschen ist Leyla schon stolz, solche Kunden zu haben. Auch wenn sie es nicht so mag, wenn Frau Direktor Schwarzkopf sie „die arme tapfere Flüchtlingsfrau" nennt und dabei wirkt, als hätte sie gerade ein Kilo billiges matschiges Supermarktbrot essen müssen.

Beinahe hätte Leyla die Kundin überhört. Natürlich, gerne, gleich. Entschuldigung, das Runde Urkorn darf man nicht teilen, das gibt es nur im Ganzen. Ist ohnehin nur ein Viertelkilo, denkt sie. Sie wickelt es in Bio-Papier, alles ist bio hier, nur das Geld nicht. Sie kassiert. Heute wird nichts passieren. Allein beim Gedanken schlägt ihr Herz schneller.

Das gestohlene Brot. Seit mehreren Wochen geht das schon. Deswegen musste Maria heute mit. So kann sie zwischendurch ins Lager und nachsehen. Frau Halilovic, die Filialleiterin, ist an den meisten Nachmittagen nicht da. Sie kommt erst zum „Kassa machen", sie ist die Schwester der Frau des Chefs. Maria hat auch für ihn einen Namen: Bert das Brot. Leyla hat lange nicht kapiert, warum. Bis ihr Maria Bernd das Brot im Fernsehen gezeigt hat. Noch so eine Respektlosigkeit, die es auf den Punkt trifft. Bert sieht wirklich aus wie Bernd vom Kinderkanal. Viereckig. Siebzehn ist ihre Tochter. Sie hält sich für schlau. Sie ist schlau. Aber sie weiß so wenig. Zum Glück. Leyla fühlt sich alt. Sie war ihrer Tochter ähnlich, vor einer Ewigkeit und trotzdem nicht einmal zwanzig Jahren. Wäre ihr Leben anders gelaufen, hätte sie Omar nicht kennengelernt? Sie hätte studiert, sie wäre … Nein. Gegen die Weltpolitik kann man nicht an.

„Ich gehe nach hinten", sagt Leyla zu ihrer Tochter.

„Soll ich mit?"

Leyla lächelt und schüttelt den Kopf. Sie holt tief Luft. Eigentlich ist es ein Vertrauensbeweis, dass sie noch immer hier arbeiten darf. Ihr ist klar, was alle denken: Leyla stiehlt Brot. Wer sonst sollte es sein?

Niemand, nicht einmal Maria, weiß, dass sie ein Messer bei sich hat. Lächerlich. Aber es gibt Sicherheit. Das Messer aus Syrien. Auf der Flucht hat sie es unter dem Kopfkissen gehabt. Und wenn es kein Kissen gegeben hat, unter dem Rucksack. „Heimat" denkt sie schon seit Jahren nicht mehr. Nur ab und zu, im Bauch, ist da so ein Gefühl, als gäbe es diesen Ort mit seinen hohen Bäumen auf der Gasse, dem schönen hellen Haus, das sie sich mit dem Bruder ihres Vaters geteilt haben, und alles passt, keine Sorgen, duftendes Zitronenhuhn auf dem Tisch und das Brot – Brot. Immer Brot.

Ein paar Schritte sind es durch den Gang. Links die Toilette, rechts ein Regal. Ganz vorsichtig öffnet sie die Tür zum Lager. Und unterdrückt einen Schrei. Da war was. Ein Geräusch. Der Karton mit Berts Landbrot steht anders. Leyla fingert nach dem Messer in der hinteren Tasche ihrer Jeans. Wer soll hier sein? Der Chef hat etwas von einem Privatdetektiv gesagt. Niemand kann sich hier verstecken. Es sei denn, er klettert in den Schrank. Oder er lauert hinter dem Vorhang. – Um was zu tun? Sie niederzuschlagen? Weil wer Brot klaut, doch zu allem fähig ist? Leyla zwingt sich, tief zu atmen. Hinter ihr die Tür. Hinter der Tür der Gang. Und dann der Verkaufsraum. In dem ihre Tochter aufpasst. Leyla, du benimmst dich lächerlich. Trotzdem, ihr war, als wäre die Tür ins Schloss gefallen. Die Hintertür, sie geht in den Innenhof. Leyla schleicht am Schrank vorbei, am Vorhang zur Nische. Die rechte Hand umklammert den

Messergriff. Mit der linken drückt sie die Klinke nach unten. Die Tür gibt nach, beinahe wäre sie aufs dunkle Steinpflaster gefallen. Sie weiß, dass die Tür versperrt war. Sie hat es kontrolliert.

Der Hof. Man darf hier keine Fahrräder abstellen Warum, versteht Leyla nicht. Die Müllcontainer brauchen nicht so viel Platz. Die Container. Nein. Niemand stiehlt Brot und klettert dann in einen Container. Wer stiehlt Brot? In diesem Land? Leyla lehnt sich an die Hausmauer. Sie ist kalt und feucht. Hier kommt keine Sonne hin, nie. Der Himmel ist verhangen. Auch dieses Wort hat sie gelernt, wie so viele. Sie hat immer gern gelernt. Verhangen. Das trifft es häufig, wenn es um den Himmel in dieser Stadt geht. Umso überraschender, dass er manchmal blau ist. Sie muss rein und das Brot zählen. Es ist nicht viel im Lager. Und gebacken wird sowieso anderswo. Man will kein altes Brot. Was trotzdem bleibt, wird abgeholt – *too good to go* heißt das. Früher hat man es gespendet, jetzt wird es verkauft. In einem anderen Shop. Für Sparsame. Gespendet wird nur das, was man auch dort nicht losgeworden ist. Leyla bekommt das Brot nach Geschäftsschluss um denselben Preis wie die sparsamen Leute am nächsten Tag. Es ist noch immer teurer als das meiste im Supermarkt, aber es ist besser. Brot ist wichtig. Es gibt auch gute Rezepte mit altem Brot. Wenn es schon schwer zu beißen war, dann hat ihre Oma das Brot in Würfel geschnitten, es in eine Tonschüssel gegeben, Öl und Suppe darauf geträufelt und obenauf Scheiben von den dunkelroten Tomaten gelegt. Gewürze waren sicher auch dabei. Dann hat sie es in den heißen Backofen geschoben. Den, der im Freien war. Leyla rinnt das Wasser im Mund zusammen. Man kann auch noch Käse drüber tun. In den sardischen Bergen gibt es ein ähnliches Rezept, hat sie gehört. Gibt's wohl überall, wo nichts weggeworfen wird, was gut ist. Sie holt tief Luft. Sie sollte Maria nicht so lange allein lassen. Wer kann ins Lager? Hundertmal haben sie überlegt. Früher mal war es ein Abstellraum für alle Hausparteien. Der Fahrer, der die Retouren holt. Aber wenn er kommt, da fehlt das Brot schon. Frau Halilovic? Sie ist Verwandtschaft, ihre Schwester ist die Frau vom Chef. Oder ist Bert, der Chef, so geizig? Er zahlt nicht gut, aber regelmäßig.

Leyla schüttelt den Kopf. Sie muss zählen. Gewissheit haben. Auch wenn sie es schon weiß: Es wird wieder etwas fehlen. Sie könnte das Brot zahlen und so tun, als hätte sie es gekauft. Sie geht zurück ins Lager. Zwei Dinkel-Sesam-Knusperlinge zu wenig. Und da war noch ein Baguette. Aus Hartweizen, in der Steinmühle vermahlen. Wie immer das genau geht. Wenn jetzt jemand so ein Baguette will, dann gibt es keines mehr. Sie dürfte es erst kaufen, nachdem sie zugesperrt hat. Um den *Too-good-to-go*-Preis. Sie müsste eine Kundin spielen, die es um den vollen Preis, bar …

„Mam, kommst du?“, ruft Maria. Auf Deutsch. Inzwischen sprechen sie selbst daheim häufig Deutsch. Um Leyla zu trainieren. Und weil Maria Arabisch nervig findet.

Leyla schiebt das Messer in ihre Handtasche, sie hängt wie immer im Durchgang. Wer sollte ihr etwas stehlen? – Aber was, wenn die Knusperlinge in der Tasche sind? Wird sie langsam verrückt? Da ist kein Brot. Sie hätte das Camargue-Brot gekauft, für heute Abend.

Frau Direktor Schwarzkopf und Maria. Sie stehen einander gegenüber. Die alte elegante Dame und ihre Tochter. Klein und dünn und im Kapuzenpulli. Genauso aufrecht wie ihr Gegenüber. Hinter der Verkaufstheke. Die Frau Direktor scheint froh zu sein, dem Blick des Mädchens endlich ausweichen zu können.

„Meine liebe Leyla“, sagt sie. „Ich will Ihnen nur helfen!“

Leyla bemüht sich zu lächeln. Sie kann es. Immer. Auch das hat sie gelernt. „Sieh nicht so trotzig drein", hat ihre Oma oft zu ihr gesagt. Das war in einem anderen Leben. „Was darf ich Ihnen geben?"

Frau Direktor Schwarzkopf schaut ernst an ihr vorbei. „Wir finden einen Weg ... Ich weiß, dass Sie es schwer haben. Allein mit einem Kind. Und natürlich insgesamt ... in Ihrer Situation. Es ist nicht so einfach, alles ist anders."

Ich bin seit acht Jahren hier, hätte Leyla gerne gesagt. Und dass da und dort nicht alles anders ist. Man darf nicht stehlen. Aber sie lächelt weiter und tut so, als würde sie nicht verstehen.

„Ich will Ihnen nur Gutes. Ich habe Ihren Chef überreden können, Ihnen noch eine Chance zu geben. Ich habe versprochen, mit Ihnen zu sprechen ... von Frau zu Frau. Ich verstehe Sie ..."

Ach, stehlen Sie Brot, weil Sie hungrig sind? Oder weil es sonst zu teuer ist? Oder einfach so, weil stehlen Spaß macht? Aber Leyla lächelt einfach weiter. Sie spürt, dass es nicht mehr lange gutgeht. In ihren Augenwinkeln sammelt sich etwas Feuchtes, lauert auf Verrat. Nein. Nicht. Es wäre wie ein Geständnis. Sie sieht, wie Maria Luft holt. Sie macht einen raschen Schritt zu ihr, nimmt sie an der Hand und denkt: Wie gut, dass sie nichts vom Messer weiß. Und ist entsetzt. Glaubt sie etwa, Maria, ihr zartes kleines Mädchen, würde zustechen?

Frau Direktor Schwarzkopf sieht Leyla an, als würde sie in einer schlechten Fernsehserie mitspielen. Mit einem Blick, der in die Kamera geht statt aufs Gegenüber. Dezente Ohrringe, gepflegtes Gesicht, wie ungeschminkt, bloß viel aufwendiger. Es ändert nichts, sie ist alt. Nur perfekt eben.

„Meine Mam stiehlt nicht", sagt Maria mit klarer lauter Stimme. Sie spricht die Sprache schöner als alle ihre Mitschülerinnen. Das sagt ihr Deutschprofessor.

Der Mund der Frau Direktor wird zu einem Strich. „Ich habe mich immer für Flüchtlinge eingesetzt, auch wenn es weiß Gott nicht leicht ist. In Zeiten wie diesen. Aber …“

Die Ladentür. Leyla ist so erleichtert, dass ihr schwindlig wird. Doktor Berger. Ihm gehört das große Haus. Er bewohnt die Dachetage. Wohnung und Ordination. Die nennt er „Studio“. Vielleicht schreibt er dort auch seine Bücher. Und forscht. Er ist ein echter Prominenter, nicht so wie die Frau Direktor, die sich nur an ihn ranschmeißt und … Stopp. Sie sollte nicht denken wie Maria. Warum ist er hier? Er isst noch weniger als der Drache und schon gar kein Brot. Er hat es oft genug öffentlich erzählt. Die Bäckerinnung ist wütend auf ihn. Aber Bert.Bäckt. wollte trotzdem nicht ausziehen. Die Lage ist zu gut.

Die dürre Drachenfrau küsst ihren Prinzen. So wie es sich gehört. Mit spitzen Lippen und ohne Berührung der Wangen. Der Prinz ist kleiner als sie, er trägt ein dunkelblaues Sakko aus einem Stoff, der nie zu kalt und nie zu heiß ist. Perfektes Tuch, da kennt sich Leyla aus. Der Bruder ihres Vaters war Tuchhändler. Import-Export. Auch das gab es mal. Der Prinz ist in die Jahre gekommen, alt bis uralt, wahrscheinlich noch älter als der Drache. Und doch hat er beinahe zarte Gesichtszüge. Es ist nicht so lange her, da hat ihr der Prinz den Blutdruck gemessen. Ihr Kreislauf macht manchmal, was er will. Könnte sie das bloß auch.

Leyla versteht nicht, was die beiden tuscheln. „Kann ich helfen? Darf ich Ihnen etwas empfehlen?“, fragt sie.

Doktor Berger sieht sie wie ertappt an. „Sie wissen ja, liebe Leyla: kein Essen nach sechzehn Uhr. Zum Leben gehört nicht bloß Glück, sondern auch Disziplin!“

Wenn Leyla am Abend nichts zu essen bekommt, dann ist sie müde. Und hungrig. Und schlecht gelaunt. Und zu nichts

Vernünftigem imstande. Er scheint ihren Blick falsch gedeutet zu haben.

„Es … es tut mir leid", sagt der alte Prinz. „Wie dumm von mir, natürlich waren Sie in einer anderen Situation als wir glücklichen Wohlstandskinder … wobei: Das hat eben auch seine Tücken."

Ich habe nie Hunger gelitten, hätte Leyla gerne erwidert. In den Wochen auf der Flucht hatte sie ohnehin keinen Appetit. So hat es auch da für sie und Maria gereicht. Und bei den Festen in ihrer Kindheit hat sich der Tisch gebogen, solche Feste gibt es hier gar nicht.

Frau Direktor versucht einen Mitleidsblick.

„Wahrscheinlich ist die Tochter auch deswegen so … zart. Aber …"

„Wir kaufen unser Brot", faucht Maria.

Doktor Berger runzelt die Stirn. Er weiß Bescheid. Der Drache hat mit ihm geredet, wahrscheinlich wissen es alle schon: Leyla stielt Brot und ihre Tochter ist trotzdem so dünn. Leyla hat ihre Tochter losgelassen und lehnt sich an die Wand. Ihr darf nicht schwarz vor den Augen werden.

Der Prinz sieht von der einen zur anderen. „Das ist sicher alles … ein großes Missverständnis. Ich werde für den Schaden aufkommen, meine Güte, diese beiden Menschen sollen, ja, sie müssen sogar Brot essen. Gutes Brot, das sage ich quasi als ihr Arzt. Wobei Vollkorn immer zu bevorzugen ist. Wissen Sie, meine Liebe, dass ich heute in der Talkshow bin? Ich rede mit unserer Freundin Luise über die Kunst, sich selbst zu beschränken, Askese und den Lohn des besseren Lebens. Mein Buch …"

„Mein Bester", repliziert die Frau Direktor. Leyla hat den Eindruck, am liebsten würde sie ihn fressen, mitsamt dem Sakko,

„Sie tun so viel Gutes. Sie haben mir das Leben gerettet. Aber gewisse Sachen darf man nicht durchgehen …"

„Vielleicht ein wenig vom Fastenbrot mit dem Sauerkrautferment?", stammelt Leyla.

„Das klingt köstlich", lächelt Doktor Berger.

„Deswegen bin ich nicht gekommen!" Dieser Drache speit kein Feuer, eher Eiswürfel. Meine Tochter ist respektlos, aber sie hat mit allem recht, denkt Leyla.

„Wir sollten dringend über unsere Charity-Gala reden", sagt der mutige Prinz und öffnet die Tür, hakt sich unter und zieht Frau Direktor nach draußen.

„Auf Wiedersehen! Grüß Gott!", schreit Leyla.

„Widerliche Anbiederung", knurrt Maria. Und erklärt ihr das Wort und hilft ihr zusammenzuräumen und erzählt Frau Halilovic etwas später, dass sie für eine Party zwei Knusperlinge und ein Landbrot gekauft hat.

„Warum hast du nicht gewartet bis Geschäftsschluss?", fragt Frau Halilovic. Ihre Haare sind nicht blond, sondern gelb, denkt Maria. Aber sie versucht ein Mama-Lächeln, harmlos, lieb. „Weil mein Freund schon alles abgeholt hat. Nur zahlen muss ich noch. – Oder krieg ich es trotzdem um den *Too-good-to-go-*Preis? Weil es ohnehin nicht verkauft worden wäre?"

Frau Halilovic lacht und klopft Leyla auf den Unterarm. „Deine Tochter ist wohl eine besonders Schlaue! – Und sonst: Irgendwelche Vorkommnisse? Alles gezählt?"

„Alles passt", sagt Maria rasch.

„Deine Mutter ist stumm geworden?"

„Ihr ist schwindlig."

Leyla holt tief Luft. „In Ordnung. Ich zahle."

„Ich muss zuerst zählen", antwortet Frau Halilovic.

Am Abend sitzen Leyla und Maria vor dem Fernseher. Sie wollen Doktor Berger sehen. Jemanden zu kennen, der im Fernsehen auftritt, ist schon was. Das muss auch Maria zugeben.

„Er hat meinen Blutdruck gemessen“, sagt Leyla.

Ihre Tochter verdreht die Augen. „Das hast du schon mindestens vier Mal erzählt.“

„Er ist extra hinauf in sein Studio und hat das Messgerät geholt. Dann sind wir hinten gesessen, ich auf dem Sessel, er bloß auf einer Kiste, und er hat meinen Blutdruck gemessen und gemeint, niedrig ist viel besser als zu hoch. Ich habe ihm ein Durum-Ciabatta gegeben, als Dankeschön, ich hätte ihm etwas anderes geben sollen. Etwas Teureres. Aber ich finde die so besonders gut. Er hat gesagt …“

„Dass er so etwas nicht isst, aber er wird es weiterschenken und …“

Leyla seufzt. „Er hat gescherzt, dass er wiederkommen kann, gleich durch den gemeinsamen Innenhof, um mir den Blutdruck zu messen.“

„Der hat dich angemacht. Dabei ist der mehr als siebzig. Oder achtzig. Widerlich.“

„Hat er nicht, er wollte bloß nett sein, der Prinz.“

„Der Prinz? Echt jetzt? Wie nennst du den?“

Leyla wird rot. Vor ihrer eigenen Tochter. „Du nennst sie Drachen.“

„Meinst du, die haben was miteinander?“

„Was du für Blödsinn redest!“

„Du bist verliebt in den Prinzen“, lacht Maria.

„So ein Unsinn. Aber er ist ein feiner Mann.“

„Der ist doch seltsam. Und er ist so was von eitel. Wer trägt ein Sakko, wenn er Brot kaufen geht?“

„Er kauft kein Brot.“

„Eben. Wahrscheinlich hat er nur Charity mit dem Drachen. Dabei geht ihnen einer ab!“

„Sei nicht so vulgar! So habe ich dich nicht erzogen!“

„Vulgär heißt das und so was sagt keiner mehr. Du weißt gar nicht, was das bedeutet.“

„Zum Glück!“

„Am besten funktioniert die Lebensverlängerung, wenn man Lebewesen wenig zu essen gibt, dann erhöht sich die Leistungsfähigkeit, weil der Körper, um zu überleben, maximal in Futtersuche investieren muss.“ Doktor Berger hat die Beine übergeschlagen. Dunkelgraue Stoffhose, dezent elegant. Das blaue Sakko ist um eine Nuance dunkler als jenes, das er bei Bert. Bäckt. getragen hat, stellt Leyla fest. Oder täuscht das Bild? Ihr Fernseher ist nicht das neueste Modell. Doktor Berger hat sicher viele Sakkos. Vor Leylas Augen erscheint ein großer heller Schrank, voll mit dunkelblauen Anzügen. Seine These hat sie nicht ganz verstanden. Sie hat keine Lust, Maria zu fragen. Die hockt mit untergeschlagenen Beinen da und schüttelt den Kopf.

„Die Abendmahlzeit zu canceln kann mitunter ein größeres Opfer bedeuten, als man glaubt, der Körper hat sich an gewisse schädliche Verhaltensweisen gewöhnt. Deswegen muss man dem Hungergefühl zuvorkommen und den Magen mit warmem Kräutertee füllen, solange er dem Gehirn noch nicht seine Hungerbotschaft meldet. Meine Empfehlung: alle Stunden ein, zwei Tassen beruhigenden Tee. Das vertreibt auch andere sündige Gedanken.“

Maria kichert.

Der Prinz räuspert sich. „Ich meine Alkohol, Tabak, natürlich auch sonstige aufputschende Drogen.“

„Man leistet am meisten, wenn man zu wenig zu essen bekommt. Wie ist der denn drauf?“ Maria steht auf. „Ich brauche Drogen.“

„Spinnst du?“

„Ein Bier.“

„Du trinkst kein Bier. Du gehst noch zur Schule.“

„Und?“

Aber sie setzt sich wieder.

Die Talkmasterin streicht ihre halblangen blonden Haare zurück und sieht ihren Gast an, als wäre er Messias. Oder eben ein Prinz.

„Vereinfacht gesagt“, fährt Doktor Berger fort: „Wenn Sie nichts zu Abend essen, dann haben Sie eine Win-win-win-Situation. Zuerst einmal schlafen Sie besser, weil Sie den Organismus nicht mit Nahrung oder gar Suchtgiften belasten. Gleichzeitig sinkt der Blutdruck und auch die Körpertemperatur – vorausgesetzt, Sie machen das nicht durch übertriebenes Heizen zunichte. Sie gehen in einen kleinen, feinen Winterschlaf: Alle Systeme werden zurückgefahren, sie brauchen weniger Energie. Das Herz muss weniger leisten. Und, das vielleicht Wichtigste: Zur selben Zeit passiert ein wahres Heinzelmännchen-Wunder: Kaputte und zu alte Zellen oder Zellteile werden abgebaut, die Telomere, die Enden der menschlichen Chromosomen, bekommen den Befehl, neue, verjüngte Zellen zu kreieren. Sie wollen überleben, also müssen sie fit sein.“

Maria stopft Chips in sich hinein. „Ich soll also nichts essen und kalt schlafen. Der ist doch pervers. Halte dich ja fern von ihm. Vielleicht braucht er auch das Blut von Jungfrauen, um nicht zu altern.“

„Rede nicht so einen Unsinn. Bin ich eine Jungfrau? Nein. Geht wohl nicht.“

Doktor Berger deutet auf sein Buch. Die Talkmasterin nimmt es, blättert, liest. „Telomere verkürzen sich bei jeder Zellteilung um fünfzig bis zweihundert Basenpaare – im Verlauf des Älterwerdens werden sie schließlich so kurz, dass ihre Schutzfunktion verloren geht. Die Folge: Die Chromosomen werden instabil und die Zelle verliert irreversibel ihre Teilungsfähigkeit. Durch eine Kalorienrestriktion werden alle körperlichen Ressourcen effizient eingesetzt. – Darf ich verraten, wie alt Sie sind?"

Leyla hält den Atem an. Jetzt wird es spannend.

„Neunundsiebzig", sagt Maria und sucht nach den letzten Chips in der Packung.

„Fünfundsechzig", behauptet Leyla. Achtundsechzig, das Wort ist ihr gerade nicht eingefallen, sie ist viel schlechter mit Zahlen, als sie sein sollte.

Doktor Berger lächelt und schweigt. Er wird die Talkmasterin wohl nicht raten lassen?

„Neunundsiebzig", sagt er nach seiner Kunstpause. Ein wenig eitel ist er vielleicht doch.

Leyla starrt ihre Tochter an. „Steht doch in Wiki", murmelt Maria ungerührt. Vielleicht ist sie diesem Leben nicht gewachsen, denkt Leyla. Ob es hilft, weniger zu essen?

Die Talkmasterin stößt ein zutiefst überraschtes „Oh!" aus. Was ist das mit ihr und Wiki? „Und, Herr Doktor Berger, Sie haben eine so zarte Haut! Beneidenswert!"

„Habe ich auch schon bemerkt", sagt Leyla.

„Der ist geschminkt, Mam."

„Am Nachmittag war er das nicht. Auch seine Hände sind zart. Als er mir den Blutdruck gemessen …"

„Mam! Bitte, nicht schon wieder! Die sind zart, weil er nichts arbeitet."

„Du redest wie Onkel Hakim!"

„Den kenne ich nicht."

„Da hast du nicht viel versäumt."

„Ob der dürre Drache nach seinem Buch lebt?"

„Nenn sie nicht so! Das Buch ist erfolgreich, Platz eins auf der Liste."

„Bestsellerliste."

„Was sonst? Glaubst du, nur weil ich Brot verkaufe, bin ich dumm?"

„Dumm wie Brot, heißt es."

„Wie heißt es? Warum sollte Brot dumm sein?"

„Pssst!", macht Maria. „Jetzt wird es gut. Sie hat ihn gefragt, ob er wirklich macht, was in seinem Buch steht."

Doktor Bergers Blick verzeiht, versteht. Er ist ein guter Arzt, denkt Leyla.

„Ich bin zum Glück darüber hinaus", sagt er dann. „Ich verhehle nicht, dass es zu Beginn nicht immer einfach ist. Inzwischen weiß ich, wie gut es mir geht, wenn ich am Morgen unbelastet aufwachen darf. Man könnte auch sagen, es ist schön, nicht zu sündigen."

Die Moderatorin schlägt die Augen nieder. „Apropos sündigen: Studien an Fruchtfliegen haben bewiesen, dass Kalorienreduktion die Lebensdauer erhöht. Allerdings …" – sie blickt auf ihr Moderationskärtchen – „wird dies mit einer verringerten Fruchtbarkeit erkauft. So vermehren sich weibliche Fruchtfliegen trotz längerer Fruchtbarkeitsperiode seltener, wenn sie auf Diät gesetzt sind. Die Forscher vermuten dahinter eine evolutionäre Entscheidung: Essenzielle Nahrungsbestandteile werden in ein längeres Leben investiert statt in die Reproduktion."

„Er sieht auch nicht nach Sex aus", murmelt Maria. „Und der dürre Drache schon gar nicht. Aber sie sind eh schon uralt. Da ist das egal."

Ein mildes Lächeln, ein leises Hüsteln, er streicht über das perfekt sitzende Sakko. „Sie haben sich gut vorbereitet, meine Liebe. Ja, noch ist nicht alles geklärt – das ist das Schöne am Forschen. Wir können jeden Tag klüger werden. Und Sie gestatten, wenn ich in diesem Zusammenhang doch nicht auf meine persönlichen Erfahrungen eingehe." Das Zwinkern ist beinahe, aber nur beinahe, obszön.

Leyla seufzt. „Jetzt weiß ich, warum er kein Brot isst. Es hat nicht mit mir zu tun. Ich wünsche ihm ein langes Leben."

„‚Wer fastet, lebt länger!', was für ein blöder Titel", ätzt Maria. Er sollte sein Buch dort anbieten, wo die Leute sterben, weil sie nichts zu essen haben! Wie war das in Aleppo? Die hätten sich alle total gefreut, dass sie nicht sündigen!"

Leyla will den Doktor nicht verteidigen, oder doch? Er ist freundlich zu ihr. Uneigennützig. Charmant. Alle haben recht. Kann es das geben? Mehrere Wahrheiten? Wohin wird er ihre Tochter noch bringen, der Widerspruchsgeist? Hätte sie damals nicht widersprochen, was wäre aus ihr … Dann gäbe es keine Maria. Ihren größten Schatz. – Ist ihre Tochter so geworden, weil schon ihr Name mit Widerstand zu tun hat? Mariam, damit hätte die Familie kein Problem gehabt. Die ehrwürdige Mutter des Propheten. Nach ihr werden viele Mädchen benannt. Aber Leyla wollte ihre Tochter Maria nennen und sie hat sich durchgesetzt. Eine entfernte Verwandte hat so geheißen, auf sie hat sich die junge sture Leyla berufen. Aber in Wirklichkeit ging es um das Musical. „West Side Story". Sie hat das Video wieder und wieder gesehen. Sie hat sich hineingeträumt in diese schöne wilde, traurige Geschichte. In diese Musik. Sie und Omar in den USA, oder sonst wo. Er kein Ingenieur, der in der Firma seines Vaters langweilige Straßen bauen würde, sondern … wer? Jetzt gibt es in Syrien mehr Straßen zu bauen, als sie sich je hätten träumen lassen. Nur die Firma gibt es nicht mehr. Und den Vater auch nicht.

Ihre Beziehung war schon am Ende, bevor er beschlossen hat, zurückzugehen. Er ist in Österreich nicht klargekommen. Sie will hier leben. Ein Name ist ein Name, nicht mehr und nicht weniger. Punkt.

„Die leben gar nicht."

Leyla fährt auf. Wer? Wer lebt nicht mehr?

„Das sind Zombies. Sieh sie dir an, vor allem den dürren Drachen."

„Wie kommst du auf Zombies?"

„Untote, Mam. Wesen, die …"

„Ich weiß, was Zombies sind! Aber woher weißt du das? Sag nicht, du schaust dir solche Filme an!"

„Sie erinnern mich an Damaskus."

Leyla seufzt. Ihre Tochter hat als Kind zu viel Schlimmes gesehen. Maria war so klein, immer hat sie gehofft, sie bekommt nicht mit …

„Meine Cousine, Doora, die manchmal auf mich aufgepasst hat: Die hat Zombiefilme geschaut. Und ich habe mitgeschaut. Ich habe mich viel weniger gefürchtet als sie."

Filme. Vielleicht hängt doch alles mit allem zusammen und mit ihrer Liebe zur „West Side Story".

„Zombies", redet ihre Tochter weiter. „‚Wer fastet, stirbt länger', so hätte er sein Buch nennen sollen. Das ist doch kein Leben! Die konservieren sich zu Tode."

„Du bist so jung, du kannst das nicht verstehen …"

„Die haben doch alles. Und sie haben so viel Angst zu sterben, dass sie gar nicht leben? Oder heucheln sie einfach? Und er trinkt doch lieber Jungfrauenblut und feiert heimliche Gelage?"

Leyla muss lachen. Nach „Gelage“ sehen ihr Doktor Berger und die Frau Direktor wirklich nicht aus. „Eigentlich sind sie auch ein bisschen arm“, sagt sie.

„Eigentlich? Ein bisschen?“

„Das sind wichtige Worte. Es ist nicht alles absolut.“ Leyla drückt auf die Fernbedienung, nimmt die leere Chips-Packung, fingert nach übrig gelassenen Bröseln, steckt sie in den Mund. Köstlich salzig. „Weißt du eigentlich, wie du zu deinem Namen gekommen bist?“

Maria rückt etwas näher zu ihr. „Du bist Hellseherin“, spottet sie. „Du hast gewusst, dass wir hier landen werden. Du wolltest dich damals schon anbiedern. Dabei: Niemand in meiner Klasse heißt Maria.“ Sie kuschelt sich zu ihr. Wie gut Leyla das tut.

„Mira“, sagt Maria zehn harmonische Minuten später.

Leyla runzelt die Stirn. „Du willst nicht mehr Maria heißen?“

„Du kennst eine Mira, die Journalistin. Die hat eine Freundin. Vesna. Und die ist Privatdetektivin.“

„Woher weißt du das?“

„Weil ich vielleicht auch Journalistin werden will. Weißt du, was man aus der ‚West Side Story‘ lernen kann?“

„Gewalt endet böse.“

„Jaja. Aber vor allem: Lass dich nicht täuschen. Sonst geht’s schlecht aus. Und tu was! Maria hat bloß gesungen und gewartet.“

„Hast du den Film je gesehen? Ich glaube nicht!“

„Mam, wir müssen das klären. Die beiden könnten helfen.“

„Die haben viel Besseres zu tun.“

„Opfer sein ist uncool. Und was Besseres als dich gibt es nicht.“

Mira Valensky interessiert sich so für die Brotsorten, als ginge es nur darum.

Maria grinst und sagt zu ihr: „Sie essen gerne viel Brot, oder?"

Leyla wirft ihrer Tochter einen bösen Blick zu. Mira ist nicht so dürr wie der Drache, das sollte ihr doch gefallen. Leyla ist nervös. Die Detektivin hat sich hinter dem Vorhang im Lager versteckt. Dabei scheint sie gar keine Detektivin zu sein. Sie hat ein Reinigungsunternehmen. „Haben Sie eine Waffe?", hat Maria sie trotzdem gefragt. Die Frau hat ihr zugezwinkert. „Ich putze Dreck weg. Man braucht Besen, keine Kanone. Und ein bisschen Mut. Das reicht auch, um Brotdieb zu fangen."

Alles verrückt. Und das Letzte, was sie möchte, ist, dass Maria die freundliche Journalistin beleidigt. Sie isst sicher gern. Auch Brot. Sie ist nicht dick, bloß nicht dünn. Als sie das Interview gemacht haben, war es, als könnte sie verstehen. Zumindest ein bisschen. Und nur zu Beginn war es Leyla unangenehm, die Journalistin beim Vornamen zu nennen.

Es ist alles besprochen. Leyla und Maria bleiben im Laden. Es soll so sein wie immer. Nachmittag. Meist passiert es am Nachmittag. Fast immer dienstags oder donnerstags. Und wenn eine Kundin da ist. Ganz unterschiedliche Kundinnen, seltener Kunden. Aber die sind auch sonst seltener. Die Journalistin Mira spielt die Kundin. Die Detektivin, oder wer immer sie ist, hat eine Kamera und ein Signal installiert. Wenn der Dieb kommt, dann piepst es vorne bei ihnen. Falls einer kommt. Oder eine, hat Mira ergänzt. Und wenn niemand kommt? Und wenn der Falsche kommt? Wer wäre falsch?

„Alles okay?", fragt Mira.

Zeit kann sich ziehen. Kann irgendwo Kurven machen, muss sich nicht treffen mit der Gegenwart, Omar hat ihr davon erzählt. Er war fasziniert von Einstein und der Relativitätstheorie, dem Raum-Zeit-Kontinuum. Nie war sie näher dran, das zu verstehen, als jetzt, denkt Leyla. Er hätte gerne Astrophysik studiert. Damals, als sie noch gemeinsam geträumt haben. Sie hat schon zweimal die Theke geputzt. Sie hat Mira alle Brotsorten erklärt, auch die, die momentan nicht im Programm sind. Die Kundschaft braucht Abwechslung, sagt Bert Punkt das Brot – und dass es bei seiner Klientel weniger ums Sattwerden als um die Geschichten dazu gehe.

Dieser Ton. Im ersten Moment begreift Leyla nicht, was er bedeutet. Maria packt sie am Arm. Mira starrt sie an. Kann sein, die ist gar nicht so souverän. Sie haben etwas vergessen: zu klären, was zu tun ist, wenn wirklich jemand kommt. Weil Mira und Vesna nicht daran geglaubt haben?

„Polizei?", flüstert Mira.

Kann sein, das Signal ist fälschlich losgegangen. Jetzt ist nichts mehr zu hören.

Vielleicht hat jemand die Detektivin betäubt, flüstert Maria beinahe tonlos. – Um ein Stück Brot zu stehlen? Selbst wenn es ein schickes Stück Brot ist? Haben Mira und ihre Freundin sie irgendwie reingelegt? Um was zu beweisen?

Leyla drückt ganz langsam die Klinke. Das macht sie ja nicht zum ersten Mal. Der kurze Gang. Die Tür zum Lager, bloß angelehnt. Sie späht hinein. Leer. Niemand, weder Detektivin noch Dieb. Sie spürt, dass die Tür zum Hof offen steht. Um es zu sehen, muss sie zwei, drei Schritte in den Raum.

Vesna, die Detektivin. An der Hintertür, ihr rechter Arm ist ins Freie gereckt. Smartphone. Nimmt sie etwas auf? Was nimmt sie auf? Leyla will es wissen. Sie hat schon anderes überlebt. Sie greift Vesna vorsichtig auf die Schulter. Die zuckt zusammen. Aber hält ihr Telefon fest. Sie deutet. Ihre Köpfe, sie schieben sich langsam um die halb geöffnete Tür.

Im Hof eine Gestalt, hinter dem Container für Altpapier, Stofftasche über der Schulter. Ein helles Stück Brot in der Hand. Er kaut, hingebungsvoll, nicht gierig, in sich versunken, in einem eigenen Leben.

Leyla greift nach dem Handy der Detektivin. Langsam. Trotzdem, es klirrt an die Metalltür. Die Gestalt fährt auf. Leyla will nicht, dass er sie sieht. Es ist zu spät.

„Wissen Sie, was eine Sucht ist?", sagt er zu Leyla und wirkt schon fast wieder so, als wäre er ein Prinz.

Ihr Kopf ist leer. Er hätte in Kauf genommen, dass sie entlassen wird, dass sie ihren Job und vielleicht viel mehr verliert. Ist das Sucht?

„Man kennt mich überall", sagt er. „Wo könnte ich Brot kaufen?"

Leyla schüttelt den Kopf. „Sie hätten Brot für jemand anderen kaufen können."

„Man hätte es gefilmt, auf Social Media gestellt, man hätte behauptet, der Herr Doktor isst Brot, der Herr Doktor lügt, der glaubt nicht einmal selbst, was in seinem Buch steht."

„Ich hätte Ihnen Brot gebracht", sagt Leyla.

Er versucht ein Lächeln. „Die Gerüchte in so einem Zusammenhang wären charmanter gewesen."

Auch heute trägt Herr Doktor Berger ein dunkelblaues Sakko. Es scheint ihm nichts auszumachen, dass es schmutzig wird, an der Wand hinter den Containern. Er sieht sie ernst an. Zarte Haut, die hat er wirklich. Aber die Augen eines Greises, denkt Leyla. Sie möchte gerne wütend sein.

„Sie haben mich in der Hand", sagt der Prinz. „Sie können mein Leben zerstören. Dabei: Ohne Sie wäre das alles nicht passiert."

Wo sind Mira und die Detektivin? Wo ist ihre Tochter? Sie hat Angst, sich umzusehen. „Ohne mich?"

„Ich habe Ihren Blutdruck gemessen. Sie haben mir dieses … Stück Brot gegeben. Ich wollte es nicht essen, ich habe schon so lange kein Brot mehr gegessen. Kein vermahlenes Weizenbrot mit knuspriger Kruste, innen zart, locker, duftend. Ich wollte es nicht essen. Ich konnte nicht anders. Ich wollte es bloß etwas länger riechen, im Hinterhof, ich wollte es wegwerfen, gleich hier. Brot wegzuwerfen ist Frevel, das weiß ich. Dann habe ich es angeleckt, ich bin Forscher, ich wollte wissen, ob es so schmecken könnte, wie es riecht, und dann bin ich dagestanden und habe hineingebissen, habe es gegessen, nicht wie ein zivilisierter, wissender, kultivierter Mensch, sondern wie ein Tier." Er ist es, der Wut hat. So viel Wut in einem so gepflegten Gesicht. „Sie haben Schuld!"

Leyla sieht im Augenwinkel, dass Vesna immer noch filmt. „Nein!", ruft sie.

Der gefallene Prinz starrt sie an. „Ich habe einen Schlüssel, natürlich. Es ist mein Haus. Das Lager war ein Gemeinschaftsraum, den die Verwaltung dem Bäcker mitvermietet hat. Ich musste wissen, ob ich widerstehen kann. Und dann eine vernunftbasierte Entscheidung treffen. Brot sind Kohlehydrate mit einem viel zu hohen Anteil schnell verwertbarer Glukose, Zuckerbausteine, verstehen Sie?"

„Ich mach uns am Wochenende Zitronenhuhn", sagt Leyla zu ihrer Tochter.

„Wer kommt?"

Leyla lächelt. „Du. Du bist am wichtigsten. Mira und Detektivin. Man wird sehen."

„Bring Brot mit."

DIE RACHE DES OKTOPUS

Sie betreten eine der faszinierendsten Ecken der Sportfischerei! Haben Sie Spaß beim Angeln von Kopffüßern mit Ködern! Das Fischen von Kopffüßern, Tintenfischen, Oktopussen, Kalmaren, ist ein Abenteuer, das durch seinen Unterhaltungswert fesselt!

Wieder war es ihr nicht gelungen, rechtzeitig wach zu werden. Elena steht am Strand und sieht konzentriert dorthin, wo die aufgehende Sonne das Meer zum Glitzern bringt. Tintenfische werden vom Licht angezogen. Ihr Großvater ist mit seinem kleinen Boot und einer großen Lampe in der Nacht hinausgefahren. Als Kind hat Elena sie gesehen, die Wesen unter Wasser. Sie wollte nicht, dass er sie tötet, aber sie musste immer wieder mit, des magisches Arm-Balletts wegen.

Ein anderer Strand, eine andere Zeit, andere Tote. Vielleicht hat sie ihren Job nur gemacht, um etwas gegen das Töten zu tun, Buße für die Tintenfische. Hätte sie das Ballett nicht sehen wollen, wer weiß, ob ihr Großvater so oft aufs Meer hinaus wäre, um sie zu jagen. Elena schüttelt den Kopf. Sie ist zurückgekommen, weil sie auf ihrer Insel Ruhe finden will. Sardinien anstelle der Sondereinheit von Europol, die es offiziell gar nicht gibt. Intrigen werden feiner geknüpft, als je ein Fischernetz sein könnte. Mitleid hat man ihr vorgeworfen. Die zwei, die gestorben sind, haben weniger gezählt. Sie holt tief Luft, atmet das Meer ein. Tanzen die Tintenfische auch, wenn die Sonne das Wasser strahlen lässt?

Das Werfen und Schleppen von Jigs im Uferbereich wird als Eging bezeichnet. Diese in Japan beliebte Technik ist eine Ultra-Spaß-fischerei, vor allem wenn man die Tintenfische unter Beleuchtung in Sichtweite aufsteigen lässt!

Elena kneift die Augen zusammen. Ein Boot, das rechtzeitig draußen war. Es kommt rasch näher. Achtmal so groß wie die *barca* ihrer Kindheit, mindestens. *Vincitore*. Der Sieger, liest sie. Gestern ist die blaue Jacht am kleinen Hafen gelegen. Man kann sie mieten. Für romantische Ausflüge bei Sonnenuntergang. *Teambuilding*, auch das steht auf dem aquamarinblauen Plakat und natürlich halten grinsende Männer große silbrig glänzende Fische.

Wussten Sie, dass Oktopusse auch in ihren Fangarmen Gehirnzellen haben? Stellen Sie sich der Herausforderung! Lassen Sie uns gemeinsam auf die Jagd nach diesen seltsamen Kreaturen gehen!

Musik, die von der *Vincitore* herüberweht. In Wellen, trotzdem ist sie nicht Teil des großen atemberaubenden Ganzen, das man hier wohl einfach „Morgen am Meer" nennen würde. Im Gegenteil. Der Lärm zerhackt und zerteilt den Frieden. Irgendwas mit Trompete, könnte sowohl Techno als auch Klassikkitsch sein. Jetzt wird Elena klar, warum so früh am Morgen am Hafen Betrieb war. Warum sie zur Unzeit den großen Grill mit Holzkohle befüllt, über einer Feuerschale einen Dreifuß mit einem Kessel montiert haben. Party. Wer zahlt, schafft an. Vielleicht ein Team, das zu Mittag schon wieder am Flughafen, zum Abendessen bereits in Frankfurt sein muss, um zu erzählen, vom besten Angelausflug aller Zeiten. So cool, der CEO mit Krake, so witzig, der Juniorpartner mit dem Köder, den er für einen Fisch gehalten hat.

Sie müssen diese fantastischen Kreaturen besser kennenlernen, um sie einfangen zu können! Die Arme sind mit Saugnäpfen versehen und dienen dazu, Beute zu ergreifen, sich zu verteidigen oder zu schwimmen. An der Basis der Tentakel befindet sich ein Schnabel. Mit ihm wird der Fang fixiert, zerteilt: Fische, Muscheln, Krustentiere. Kopffüßer sind sehr intelligente Tiere, die lernen oder auch Probleme lösen können. Sie können sich tarnen, kommunizieren und sogar ihre Beute hypnotisieren. Sie verfügen über ein ungewöhnliches Verteidigungsmittel: Tinte.

Überall sind Zettel mit diesen Botschaften aufgetaucht. In der Trattoria, beim Kiosk, sogar an den Molen. Eine Schnitzeljagd, der Sinn dahinter hat sich Elena nicht erschlossen. Die Schnipsel waren wohl für das Team, das bald feiern wird. Was bedeutet es, dass sie ein so einfaches Rätsel nicht lösen kann? Oder gibt es gar keines? Sie joggt den Strand entlang, über den verlassenen Parkplatz, Richtung Küstenstraße, ist an der Uferpromenade. Laufen. Das kann sie noch.

Ein Kamerateam, Fotografen. Prominente auf der *Vincitore*. Sieger-Typen. Oder haben sie sich – für den bleibenden Eindruck – Berichterstattung gemietet? Eine große, schlanke Frau. Sie ist die Erste, die an Land kommt. Blond, auch nach dem Ausflug gut frisiert, gewohnt, in Kameras zu lächeln – aber wer ist das heutzutage nicht? Der Mann dahinter, die besitzergreifende Geste, mit der er ihr die Hand um die Mitte legt. Männchenverhalten, viel älter als Massenmedien aller sozialen Arten. Noch zwei steigen aus, weniger wichtig, männlich. „Luca", ruft die Blondine und wedelt den einen heran. Halblange dunkle Haare, muskulös. Nur ein Wink und er würde vor ihr niederknien. Zum Schluss die Besatzung. Man stellt sich auf, Herr Begleiter verscheucht den schönen Luca, gemeinsam mit Frau Blond hält er die Beute in die Kameras. Die Arme des Oktopus schlaff, länger als die gebräunten Unterarme der Frau. Elena merkt, wie dieses Gefühl vom Magen Richtung Herz und Lunge und Hirn aufsteigt, sich ausbreitet, bis in die Finger- und Zehenspitzen. Die blanke Wut, die sie gelernt hat, wegzuatmen. Weil Wut ein schlechter Ratgeber ist und in gewissen Situationen lebensgefährlich. Doch nicht die Wut, das Mitleid hat sie straucheln lassen.

Sie schlendert näher, sie will wissen, wer die sind: Deutsche, die glauben, sich alles kaufen zu können. Oder doch eitle Franzosen? Vielleicht Amerikaner, ohne Verstand und Empathie – Trumps Freunde eben.

Jetzt versteht sie einige Worte. Sie reden Italienisch. Warum nur glaubt sie so oft, dass die Reichen, die Rücksichtslosen Ausländer sind? Elena tippt auf Rom. Vielleicht Mailand. „Die von der *peninsola*", hat ihr Großvater immer gesagt, die Halbinsel-Leute, sehr viel Meer zwischen denen und den Sarden. Vielleicht ist sie auch deswegen weg, weil sie mehr wollte: Vielfalt und Einheit. Als ob man für so etwas fortmüsste. Aber es zu erkennen, das braucht Abstand. Und jetzt den Mut, wiederzukommen – um zu bleiben? Das wird sie später entscheiden. Nichts tun, hat ihre Therapeutin gesagt und gelächelt. Am Strand spazieren und Sandkörner zählen. Was für ein Glück sie doch hätte, von dieser zauberhaften Insel zu stammen. In Den Haag hat es geregnet, wie so oft.

Elena schlendert näher. Fällt auch unter dieses „Nichts tun". Die Leute gehen sie nichts an. Sie will sie bloß ein wenig beobachten. Wie Fische im Aquarium.

Der eine ist Ungar, er spricht mit starkem Akzent und versucht, sein schlechtes Italienisch mit raumgreifenden Gesten auszugleichen. Die Kamera filmt, während er auf eine der gefangenen Kraken einprügelt. Sie ist schon tot. Man macht es, um sie weich zu kriegen. Elena ist es immer grausam vorgekommen. Es herzuzeigen, erscheint ihr beinahe obszön.

Wo nur hat Elena die Blonde schon gesehen? Schauspielerin? Eine dieser Star-Influencerinnen? Jetzt zieht die Frau ihren Partner energisch zur Seite. Kopfbewegung Richtung Ungar, rasche, wütende Geste. Ihr Begleiter ist einen halben Kopf kleiner. Gutaussehend, auf diese geckenhafte Art, die Elena immer schon mit Römern in Verbindung gebracht hat. Etwas zu knappe Hosen, einmal umgeschlagen, dass man die Knöchel sehen kann. Markenslipper. Natürlich ohne Socken. Da könnte es frieren und so einer würde keine Socken tragen. Sie spaziert näher, sie hat gelernt, nicht aufzufallen.

„Man darf es nicht übertreiben – Oktopusgulasch! Echt jetzt?"

Der Geck nimmt die Blonde an den Schultern. „Weiß ich oder weiß ich es nicht, wie du in die Medien kommst? Seit wann bist du so korrekt, Benita? Seit du glaubst, du kannst Staatssekretärin werden?"

„Du hast doch bloß Angst. Die haben ihren eigenen Staff. Die haben bessere Ideen."

Benita Pinna. Jetzt weiß Elena, wen sie belauscht. Abgeordnete. Fratelli d'Italia. Immer wieder im Gerede. Radikale Aussagen. Vor allem aber Gerüchte, sie hätte einst an den berühmten Partys von Berlusconi teilgenommen. Als sein Protegé ist sie ganz jung in die Politik gestartet. Hat dann die Partei gewechselt. Der alte Oberaffe ist tot, junge Affen gibt's zuhauf. Staatssekretärin soll sie werden? Elena versucht, sich von italienischer Politik fernzuhalten. Sie will ihr Land mögen.

Der Streit scheint zu eskalieren. Die beiden zischen aufeinander ein, leiser, böser, nur mehr Wortfetzen zu verstehen.

Karrieregeile Schlampe. Dummer Medienfuzzi. Sentimentale Kuh. Schieb dir den Ring. Luca, dieser Trottel …

Elena überlegt: Ein Schritt und sie könnte …

Da drehen die beiden synchron ihre Köpfe: Schlampe und Medienfuzzi starren die Gasse hinauf. Was da näher kommt, ist tatsächlich außergewöhnlich. Kopffüßer. Oktopusse, fünf, sechs, acht. Sie schreien es mehr, als sie es singen, zur Melodie von „Bella ciao": „Haut ab, unsere Rache wird fürchterlich sein! Ihr rechten Arschlöcher, haut ab, haut ab!"

Elena grinst. Die Masken der Demonstrierenden sind richtig gut. Unförmige wabbelnde Köpfe mit riesigen Augen, Greifarme, sogar mit Saugnäpfen. Das Kamerateam schwenkt auf den Chor der Meeresbewohner.

„Nicht echt jetzt", hört sie die Abgeordnete kreischen. Sollten potenzielle Staatssekretärinnen nicht etwas eloquenter sein?

„Ist doch perfekt", grinst Medienfuzzi. „So kommst du sogar in die nationalen Nachrichten. Küss mir den … was auch immer. Sei dankbar, Bella!"

Der blaue und der grün-lila Krakenkopf versuchen den Ungarn vom Kessel über dem Dreifuß wegzudrängen. Er brüllt, als hätte man vor, ihn ins Gulasch zu werfen. Zwei von der Schiffsbelegschaft haben Knüppel in der Hand.

„Haut ab, haut ab", brüllt der Kopffüßerchor. „Faschisten ins Meer!"

Jetzt ist Elena konzentriert. Überblick, das hat sie gelernt, automatisiert. Best-Case-, Worst-Case-Szenario. Rückzugsmöglichkeit, Waffen und Potenzial, *double worst szenario.* So etwas lässt sich nicht abstellen. Sie könnte es schaffen, allein Ordnung ins Getümmel bringen. Das sind keine Profis. Der mit dem Dreitagebart, der mit an Bord war: Halbprofi. Vielleicht. Security. Haben offenbar selbst Abgeordnete. Zumindest wenn sie am aufsteigenden Ast sind. Was kümmert es sie, wenn die sich gegenseitig verprügeln? Sie ist nur eine Sardin auf Heimaturlaub. Ihre Sympathien sind klar, aber die Kopffüßer sind gut geschützt. Ein älterer Mann. Er sieht aus einem Fenster im ersten Stock. Er hat ein Smartphone in der Hand, er wird die Polizei verständigen. *Polizia locale* reicht. Er filmt.

Die toten Oktopusse liegen vergessen auf dem Holztisch. Soll sie einen mitnehmen? – Um ihn zu bestatten? Oktopusgulasch. Ihre Großmutter kannte ein wunderbares Rezept: Polpo mit Bohnen und Peperoncino. Sie schlendert weiter, das geht sie nichts an. Du kannst nicht die ganze Welt retten, hat ihre Therapeutin gesagt. Elena war enttäuscht. Wie banal. Am nächsten Tag hat sie das Flugzeug Richtung Insel genommen.

Abendessen in der Osteria des Hotels. Bis jetzt hat sie es ausgehalten, nicht nachzufragen. Nicht zu recherchieren. Und keiner hat ihr etwas erzählt von einer Schlacht zwischen Oktopussen und der Rechtshabertruppe. Weil sie gar nicht stattgefunden hat? Weil nur wenige Menschen die Chance gehabt hätten, ihr davon zu berichten? Man weiß auch nicht, wie eine Touristin darüber denkt. Man will ihr nicht den Tag vermiesen. In der Vorsaison schon gar nicht, da sind Fremde noch Gäste. Ich bin eine von euch, hätte Elena gerne gesagt, eine Sardin. Aber sie hat es nicht getan. Ist sie noch eine von hier?

Linguine con bottarga, filetto di spigola in vernaccia. Gut. Standardgerichte am Meer. Im Landesinneren, aus dem sie eigentlich stammt, gibt's anderes, *cucina povera.* Sie denkt an den mit Käse überbackenen Fenchel ihrer Tante und es läuft ihr das Wasser im Mund zusammen. So etwas hat für sie nichts mit „armer Küche" zu tun, eher mit dem faszinierenden Talent, aus dem, was da ist, etwas Gutes zu machen. Intelligente Selbstbeschränkung. Die täte weit über die Insel hinaus gut. Elena nimmt ihr noch halbvolles Glas Vermentino, setzt sich vors Lokal. Es ist kühl, Einheimische kommen nur ins Freie, um zu rauchen. In anderen Teilen Europas freut man sich selbst an Sommerabenden über solche Temperaturen.

Sie spielt an ihrem Smartphone herum. Ihre ebenso smarte Uhr ist verbunden, neue Gesundheitsdaten. Sie hat sich angewöhnt, viel zu oft den Puls zu kontrollieren. Seit der Krise. Weil sie immer die Kontrolle behalten wolle, hat die Therapeutin gesagt. Noch so eine Banalität. – Wer will das nicht?

Ablenkung. Es tippt sich wie von selbst: *Benita Pinna. Polpo.*

Die Rechten haben ihre eigenen Medien. Von *„wokem Delirium"* liest sie: *„Pinnas Verlobter, Peppino Vasco: ‚Der Überfall dieser linken Chaoten und selbsternannten Meeres- und Terroristenschützer war unvorhergesehen, gewalttätig und hinterhältig!' Seit Wochen werden die ehrenwerte Abgeordnete Benita Pinna und er von teils verurteilten Straftätern bedroht und terrorisiert. Vasco gelang es nur mit äußerstem Einsatz, die entsetzte Benita Pinna zu beschützen. Er sagt: ‚Mit ein Grund, selbst in die Politik einzusteigen und etwas gegen die Öko-Terroristen zu unternehmen! Der Angriff auf ein harmloses privates Picknick mit Oktopusgulasch muss nicht nur strafrechtliche, sondern auch diplomatische Konsequenzen haben. Unser Gast Janos Nagy ist ein enger Vertrauter des ungarischen Premierministers Viktor Orbán.'"* Elena grinst. Was jetzt? Unvorhergesehener Angriff oder ohnehin seit Wochen Drohungen? Und: Auf sie hat die blonde Abgeordnete gewirkt, als könnte sie sich sehr gut selbst beschützen. Passiert scheint jedenfalls nichts zu sein.

Noch ein Check. In die landesweiten Medien hat es der Vorfall offenbar doch nicht geschafft. Obwohl sich der Medienfuzzi so bemüht hat. Wer bezeichnet sich heutzutage noch als

„Verlobter"? Jemand, der diesen Status betonen möchte. Beinahe schade, dass der Oktopus-Chor den Streit der beiden gestört hat. *Peppino Vasco*, tippt sie. *Agentur für Kommunikation, Soziale Netzwerke und Datenwahrheit.* Wenn jemand schon *Wahrheit* propagiert. Oft ist sie gerade dann eine sehr individuelle. Man könnte sie auch Lüge nennen. Oder Fake. Elena fröstelt. Morgen ist ein neuer Tag. – Banal? Ja. Aber auch wahr. Und außerdem aus „Vom Winde verweht". Nein, sie vergleicht sich nicht mit Scarlett. Kein Rhett Butler in Sicht. Sie haben dem Film vorgeworfen, rassistische Vorurteile zu bedienen. Kann man alte Filme, Bücher, Aussprüche dafür kritisieren, dass sie den politischen Diskurs, das gesellschaftliche Bewusstsein unserer Zeit nicht antizipiert haben? Muss man sie deswegen ändern? Gar verbieten? Elena steht auf, ihr Glas ist leer. Klar ist, dass sie diese antiwoken Typen lächerlich findet. Wer kann stolz darauf sein, etwas nicht zu kapieren? Zu glauben, dass Provokation schlau ist? Aber die Superkorrekten, egal welchen Geschlechts, die nerven sie auch. Zu viele hat sie von denen in Den Haag und Brüssel erlebt. Alles verordnen und regeln zu wollen. Um so etwas gut zu finden, ist sie zu sehr Sardin. Und wird es bleiben. Leben und leben lassen. Das ist nicht banal. Nur sehr schwierig.

Am neuen Tag joggt Elena wieder zum Meer. Kein Boot, keine Ausflugsjacht. Aber heute war es auch am Hafen noch ruhig. Und doch: Dort, wo Wasser und Licht einander treffen, bewegt sich etwas. Das Ballett der Tintenfische begrüßt den Tag. Sie kneift die Augen zusammen. Kopffüßer sind das keine.

Sehr hoch steht die Sonne immer noch nicht, als Elena nass unter einer Decke im Sand kauert. Neben sich eine, der sie nicht mehr helfen hat können. Gepflegte blonde Haare, sie waren nach oben getrieben. Jetzt sehen sie aus wie Tang. Ihr Mund ist mit Textilband verklebt. Benita Pinna. Aufstrebende Abgeordnete. Gefesselt an Armen und Beinen, mit einem Stich in der Brust, ertränkt. Da wollte jemand auf Nummer sicher gehen. Die Polizei-Maschine ist angelaufen. Bescheidener, als Elena es in den letzten fünfzehn Jahren gewohnt war. Zwei Einsatzfahrzeuge, ein paar Spurensicherer, ein müde aussehender Ermittler, dem sie schon alles zu Protokoll gegeben hat, was sie weiß. Und ihre offiziellen Daten: Elena Floris, neununddreißig Jahre, Geburtsort Perdasdefogu, Sardinien. EU-Beamtin in Karenz.

Auch wenn die Sonne tagsüber bereits Kraft hat: Im April ist hier, an der Südküste, wenig los. Elena lehnt am Stehtisch neben dem Lentisco-Strauch. Bar, Osteria, Hotel, alles in einem. Und vor allem: geöffnet. Sie hat noch immer nicht vor, sich einzumischen. „Difendiamo l'Italia" – „Verteidigen wir Italien" lautet der Slogan der „Brüder Italiens", im Wappen die Mussolini-Flamme. Warum Frauen bei den Brüdern Karriere machen wollen? Man hat Elena gelehrt, neutral zu sein. Vor dem Gesetz sind alle gleich. – Sind sie? Natürlich nicht. Sobald durchsickert, wer ermordet wurde, wird hier deutlich mehr Betrieb sein. Sie wettet mit sich selbst: Werden die Medien schneller hier sein als der *Commissario Capo* aus Cagliari? Wenn ja, gewinnt sie ein Glas Vermentino. Wenn sie sich täuscht, bleibt sie bei Lemon-Soda.

Den mit der dunklen Sonnenbrille kennt sie jedenfalls. Wie nennt man einen Verlobten, dessen Zukünftige gestorben ist? Auch heute trägt Peppino Vasco eine Hose, die nur bis zu den Knöcheln reicht. So groß scheint seine Trauer zu sein, dass er sie mit aller Welt teilen will. Hinter der Kamera der Mann mit dem Dreitagebart. Offenbar doch kein Security. Oder ein

Multi-Purpose, vielleicht sogar ein Mann für alle Fälle. Der lockige Luca, dem sie viel eher dieses Profil verpasst hätte, ist verschwunden. Der Ungar auch. Und die zugemietete Equipage? Hat vielleicht schon nach dem Angriff der Oktopusse das Weite gesucht. Elena hebt die Hand, um zu bestellen.

Ex-Verlobter Peppino versteht es falsch und steuert auf sie zu. „Worauf warten Sie?"

Elena hebt spöttisch eine Braue.

„Ich habe Sie schon gestern gesehen. Ihr von den Medien liebt linke Terroristen. Aber ich schwöre es: Die Welt wird die Wahrheit erfahren! Die Mörder meiner Verlobten kommen nicht davon!" Er winkt seinem Kameramann.

„Wie kommen Sie darauf, dass ich Journalistin bin?"

„Was würden Sie sonst hier machen?"

Kein Wunder, dass er durch den Wind ist. Wobei: Sein Wahrnehmungsradius ist vielleicht auch sonst beschränkt. Freund oder Feind. Niederlage oder Sieg. Und man braucht welche, die es weitererzählen. Elena schweigt. Was macht sie hier? Nichts. Das könnte er kaum verstehen. Versteht sie es doch selbst nicht ganz.

„Los, ins Hotel, du wirst alles dokumentieren! Bevor sie die Beweise vernichten können!", befielt Peppino Vasco seinem Begleiter. Es klingt wie aus einer Reality-Show. Vielleicht ist sie in eine Soap geschlittert. Nichts real, nicht einmal der Ekel und die Trauer. Nein. Die Tote ist echt. Da kennt sich Elena aus.

Die Sonne scheint ins Zimmer. Elena ist am Gang stehen geblieben. Oktopusmasken und Rucksäcke und Hosen und Schuhe und dazwischen der aufgebrachte Verlobte. Dass er in zwei, drei Minuten ein solches Chaos angerichtet hat, ist unwahrscheinlich. Die Masken müsse er aufnehmen, fordert er von seinem

Begleiter. „Vermummte Chaoten!", ruft er in die Kamera. Zwei Betten in einem, drei Betten im anderen Raum. Der Oktopus-Chor ist weg. In Panik geflohen? Von Sicherheitskräften abgeholt?

Peppino Vasco schreit auf. Er hat ein Messer in der Hand. Hält es in die Kamera.

„Ich kenne es", brüllt er. „Es hat ihr gehört!"

„Raus da", befiehlt Elena. „Das ist Sache der Polizei."

Er dreht sich zu ihr um. Für einen Moment stumm. „Sie sind meine Zeugin! Und die Kamera! Niemand kann es vertuschen! Das ist Benitas Messer! Sie haben sie damit erstochen!"

Elena ist wütend. Vor allem auf sich selbst. Das ist das Letzte, was sie wollte: in einen abstrusen Fall involviert und Zeugin eines hysterischen Lovers werden. Ihr nächstes „Raus!" klingt so, dass die beiden aus dem Zimmer stürzen.

Ohne ihre Masken sehen die Aktivistinnen aus wie verirrte Kinder. Sie stehen am Parkplatz hinter dem Hotel, neben dem alten Bus mit dem aufgemalten Regenbogen.

„Sie haben gar keine Tintenfische gefangen", murmelt ein dünner, hochaufgeschossener junger Mann.

„Weil es darum geht, Sam!"

„Der vom Boot hat es mir erzählt. Wir hätten sie nicht …"

„Weil sie ihren kranken Scheiß mit gekauften statt mit selbst getöteten Wesen machen?"

„Weil alles Fake ist, bei denen!"

Elena steht hinter dem Gastank. Und wieder denkt sie: Nein. Die Tote ist echt. „Eben! Wir haben bloß zurückgeschlagen!"

„Halt den Mund, Freda", fährt sie eine Rothaarige, Pummelige an.

„Was zurückgeschlagen? Wir haben sie aufgescheucht, wir haben protestiert! Immerhin!“

„Und wo kommt das Ganze, Signore Klugscheißer? In ihren verdammten Social-Media-Kanälen! Wir waren die Idioten für sie! Wer hat uns den Hinweis geschickt, wann sie wo am Hafen sind und was Arges mit Oktopus machen?“

Die Rothaarige taumelt, Freda hakt sie unter, führt sie ums Hauseck zu einem alten weißen Plastiksessel, hockt neben ihr, streicht ihr über die Stirn. Die anderen bleiben, wo sie sind, stehen mit hängenden Armen da. Zweiarmige Oktopusse sind Duopusse, Dopusse, Duepusse, überlegt Elena.

„Ich hab das nicht gewollt“, sagt die Rothaarige, sie weint beinahe.

„Wir haben nichts getan, Maddalena. Es war ein Denkzettel, nicht mehr! Und: Mein Vater hat gute Anwälte.“

Die rote Maddalena zieht die Luft durch die Nase ein: „Du hältst das wohl für ein Spiel! Glaubst du, nur weil dein Papa an der Costa Smeralda ist, kann er dir alles richten?“

„Sie war wütend, sie ist gestürzt, du warst dabei.“

„Du bist zu ihr aufs Boot!“

„Um …“

Sie merken gar nicht, dass Elena hinter sie getreten ist. Sie packt jede mit einer Hand. Ein bisschen Technik und das geht selbst bei kräftigen Männern.

Freda schnappt nach Luft.

„Mund halten!“, befiehlt Elena. „Eure Kumpels vom Chor haben sich verzogen!“

„Das ist ein Polizeiübergriff!“, faucht Freda.

„Ich bin nicht von der Polizei. – Zumindest nicht von der hier!“

„Die ist eine von den Faschos“, stöhnt Maddalena. „Die wird uns …“

„Ihr wart mit der Pinna auf dem Boot – und dann?“

„Sag nichts, Madda!“

„Die bringen uns um, die glauben, wir waren es! Ich war es nicht!“

„Sie war es?“, knurrt Elena.

„Einen Scheiß“, faucht Freda. Wenn das ihr reicher Papa wüsste.

Maddalena ist auf ihrem abgeschabten Plastiksessel fixiert. Sie hustet, schnappt nach Luft. Egal, was die beiden getan haben, Elena will nicht zu weit gehen.

„Was war?“, fragt sie so sanft wie möglich. „Ich hab mit denen nichts zu tun.“

Die Rothaarige keucht. Beginnt tatsächlich zu erzählen. „Die Pinna ist zu ihrem Boot, allein, wir wollten sie erschrecken. Mit Maske, natürlich. Sie ist gestolpert. Aber sie hat gelebt. Die hat nichts gehabt. Es war Fredas Idee: Wir bringen sie aufs Meer hinaus, damit sie sieht, wie es ist, auf dem Meer, ohne Hilfe. Die wollen, dass die Flüchtlinge einfach ertrinken! Tausende sind ertrunken wegen denen! Die sollte sich fürchten, vor der Rache der Oktopusse. Wir haben sie gefesselt, Freda ist mit ihr raus.“

„Die hätten sie doch bald gefunden!“, ruft Freda.

„Was für ein Boot? Die *Vincitore*?“

„Schwachsinn!“, faucht Freda und versucht Elenas Griff abzuschütteln.

„Du hast wirklich nichts mit denen zu tun, oder?“, sagt die Rothaarige. „Die Pinna hat ein kleines Boot, sie stammt ursprünglich von hier. Zumindest haben sie das erzählt. Wir haben sie beschattet, noch bevor die Sonne aufgegangen ist.“

Elena schüttelt den Kopf. „Ihr habt sie bewusstlos rausgebracht und sie ins Meer …“

„Nein!“, ruft Maddalena, es ist beinahe ein Schluchzen. „Freda ist mit ihr rausgefahren, ich bin mit dem Jetski gekommen und hab sie geholt.“

„Du warst bei allem dabei, du Verräterin!“

„Ihr wollt mir nicht erzählen, sie ist selbst ins Meer gesprungen. Gefesselt!“ Sie bräuchte eine dritte Hand, denkt Elena. Um zu telefonieren. Das ist ein Fall für die Polizei. Die zuständige. Wie würde sie heißen, wenn sie einen dritten Arm hätte und ein Kopffüßer wäre? Tripus? Tetrapus? Nein, das wären vier.

Freda lässt sich unvermittelt auf den Boden fallen. Sie ist schwerer als gedacht. Elena will die junge Frau festhalten. Aber sie will ihr nicht wehtun. Sie lockert den Griff, aber Maddalena wird mitgezogen. Sie plumpst aus dem Sessel und jault: „Au!“

Elena sieht den beiden zu, wie sie sich aufrappeln, jederzeit bereit, wieder zuzupacken. Sie sind keine Berufsverbrecherinnen. „Du kannst nicht abhauen“, fährt sie Freda an. „Besser, du redest auch!“

Freda lehnt an der Mauer. Weiß leuchtet die Fassade an der Vorderseite des Hotels, hier ist sie gelbgrau, abgeschabt, kein Geld, vielleicht auch keine Lust, hier hinten zu renovieren. „Madda hat mich mit dem Jetski geholt. Sie ist Zeugin, dass die Pinna noch da war. Ich hab das Benzin abgelassen. Ich hab ihr Handy und ihren Proviant ins Meer geworfen. Damit sie sieht, wie das ist, allein. Dann hab ich ihr die Fesseln abgenommen, sie war schon halb bei Bewusstsein, ich schwöre! Ich bin zu Madda auf den Jetski …“

„Maddalena“, sagt Elena mit so viel Nachdruck, dass sie vor sich selbst erschrickt. „Ich will wissen, was genau du gesehen hast. Du wirst das noch hundert Mal gefragt werden: Lass nichts aus! Und nur das, was du wirklich selbst gesehen hast!“

„Das mit dem Benzin stimmt, ich hab mir noch gedacht, was für eine Sauerei, wir sollten kein Benzin ins Meer kippen. Und das mit den Lebensmitteln auch. Da ist Zeug geschwommen."

„Und das mit den Fesseln?"

„Das Boot war zu hoch …"

„Maddalena, du Verräterin!"

Elena schüttelt den Kopf. Die Pinna will in der Früh aufs Meer. Ausnahmsweise ohne Inszenierung. Also auch ohne Verlobten. Und dann: ultimative Eskalation. Wie kann sie den beiden … Nein. Elena. Denk nicht „helfen"! Du weißt, wie gefährlich Mitleid ist. Durch ihren Tod ist Benita Pinna neutral, Opfer.

Maddalena stammelt, versucht es noch einmal: „Ich meine bloß: Ich habe nicht gesehen, ob sie bei Bewusstsein war, Freda hat gesagt, dass wir schnell machen müssen, sonst bringt die uns noch um."

„Hast du Benita Pinna gesehen oder gehört?", fragt Elena.

„Nein", flüstert die rote Maddalena. „Aber sie … war auch nicht im Meer, es ging alles so schnell, Freda hat geschrien, nichts wie weg hier, ich bin so nah wie möglich ans Boot, Freda ist hinten drauf und wir sind abgehauen."

Elena ist kein Tetrapus. Sie ist nicht einmal Ermittlerin. Nicht hier. Nicht jetzt. Sie seufzt.

„Wann hast du sie erstochen?", fragt sie Freda.

Die starrt sie an. Mit offenem Mund.

„Erstochen?", flüstert Maddalena.

Jetzt hat es Benita Pinna doch in die nationalen Nachrichtensendungen geschafft. Im Beitrag wird sie als „umstritten" bezeichnet, „Speerspitze" jener, die verhindern wollen, dass Flüchtlinge in italienischen Häfen von Bord gehen. Es bestehe Grund zur Annahme, dass es sich um einen „politisch motivierten" Mord gehandelt habe. Eine Demo wird eingeblendet, Parolen, junge vermummte Leute, die mit irgendwas werfen, Polizeisirenen und der Oktopus-Chor mittendrin. Er wirkt wilder, bedrohlicher, als Elena ihn am Hafen erlebt hat. Reporterstimme aus dem Off: „Spätestens jetzt hat dieser Protest seine Unschuld verloren." Nicht der müde Ermittler, sondern der *Questore* persönlich kommt ins Bild. Sein bestes Team ermittle und es gäbe starke Indizien. Klar sei inzwischen, dass die mutmaßlichen Täter Pinnas Proviant und ihr Mobiltelefon ins Meer geworfen hätten, man habe einiges sichergestellt. Dann, in Großaufnahme: Peppino Vasco. Insert: *Medienunternehmer.* Unter Tränen darf er erzählen, wie er das Messer gefunden hat. Das Messer seiner Verlobten. Und dass er eine Zeugin dafür habe. Benita, entführt, in ihrem eigenen kleinen Boot, das sie so geliebt habe, erstochen von „radikal-woken Gewalttätern gegen den italienischen Staat, gegen uns alle", ins Meer geworfen. Er werde ihr Andenken hochhalten und ihre politische Arbeit fortsetzen. Einige Sekunden Bildmaterial aus glücklicheren Tagen: Benita Pinna mit blonden Haaren, sie lächelt in die Kamera: „Darf ich vorstellen? Peppino Vasco, mein Mann für viele Fälle!"

Warum haben sie das Messer nicht ins Meer geworfen? Warum den Proviant, wo sie die Pinna doch erstochen haben? Weil die beiden keine Berufsverbrecherinnen sind und nicht klar denken konnten. Was eskalieren kann, eskaliert. Ein alter Spruch ihres Ausbildners. Eines ist jedenfalls geklärt: Die Zettel mit den Botschaften über *Ultra-Spaßfischerei* waren tatsächlich Köder. Sie sollten den Chor der Oktopusse anlocken, wütend machen. *Lassen Sie uns gemeinsam auf die Jagd nach diesen seltsamen Kreaturen gehen!*

Elena schüttelt den Kopf. Sinnlos, so zu tun, als könnte sie sich raushalten. Sie ist mittendrin. Als Zeugin wider Willen. Vielleicht weiß der eine Oktopus nicht, was der andere tut. Gefesselt, ausgesetzt, erstochen, ins Meer geworfen. Unter anderen Umständen hätte sie auf eine der Mafia-Organisationen getippt. Es soll schon Politikerinnen gegeben haben, die zu viel wussten oder zu viel wollten.

„Wie gut kennt ihr einander?", fragt Elena. Der schlaksige Typ, der offenbar Sam heißt, sitzt mit zwei jungen Frauen am Tisch vor dem Hotel. Sie senken den Blick, bleiben stumm.

„Ich kapier nicht, warum sie gefesselt war und dann auch noch erstochen wurde, bevor man sie ertränkt hat", sagt Elena.

„Gefesselt? Sie war nicht mehr gefesselt!", sagt Sam.

„Ich habe sie gefunden. Hört auf zu lügen!"

„Erstochen, das wissen wir aus den Medien. Die Bullen sagen uns ja nichts. Sie haben Freda und Maddalena mitgenommen. Und wir dürfen das Hotel nicht verlassen."

„Gefesselt", wiederholt Elena. „Was wundert euch daran?"

„Freda und Madda. Sie schwören, die war nicht mehr gefesselt. Und sie haben auch kein Messer gehabt."

„Es war ihr Messer. Es wurde bei euch gefunden."

„Da war kein Messer!"

Elena dreht sich um und geht. Sie spürt ihre Blicke im Rücken. Sie glaubt nicht, dass ihr jemand folgen, ihr die wahre Geschichte erzählen wird. Noch nicht.

Ich will nichts bezeugen, was stimmt und doch ganz anders war, denkt sie. Woher kann Vasco gewusst haben, was er in diesem Zimmer der Aktivistinnen findet? In welchem Zimmer er es findet? Es ist ihm nicht um die Oktopusmasken gegangen.

Er hat weitergesucht. War es dennoch Zufall? Oder gibt es jemanden, der ihn das glauben machen möchte? Man muss jeden aus dem Protest-Chor überprüfen. Auch auf Kontakte zu ihm, zu Pinna, zu Parteien und Organisationen, die wenig Tier-, Menschen- und Umweltfreundliches haben. Kann sein, einer der Oktopusse ist in Wirklichkeit ein Maulwurf. Auch die Fratelli haben eine Jugendorganisation. Was wäre das für ein Held, dem es gelingt, die verhassten „linken Chaoten" vorzuführen, mundtot zu machen, ihnen gar einen Mord unterzuschieben? – Und dafür würde er – oder sie – eine der ihren erstechen? Wer sollte das sein? Freda mit dem reichen Vater? Sam?

Weit hergeholt. Wichtiger wäre es zu klären, welche Geschäfte Benita Pinna, aber auch dieser Verlobte betrieben haben. Wer ihre Freunde im Hintergrund sind. Nicht einmal politischen Gegnern, und von denen hatte sie genug, ist es bisher gelungen, die Pinna mit Korruption in Verbindung zu bringen. Was freilich auch mehr über ihre Beziehungen als über ihre weiße Weste sagen könnte. Und Peppino Vasco? Unbedeutend. Vielleicht so unbedeutend, dass er unter dem Radar durchgerutscht ist. Wer ist der Ungar? Was kann er, außer Oktopusgulasch? Eigentlich weiß sie nicht einmal, ob er das kann.

Eines ist klar: Benita Pinna war gefesselt, als sie erstochen ins Meer geworfen wurde. Sie selbst hat die Fesseln gesehen. Sie muss es ganz anders angehen. Chaostheorie: Alles kann sein, auch das Unglaubwürdigste. – Was ist, wenn niemand lügt? Eigentlich.

Inzwischen ist Elena am Ende der Strandpromenade angelangt. Ein Kreisverkehr mit den beliebten Wegweisern nach Irgendwo. Bizerta in Tunesien: 226 Kilometer. Rom: 352 Kilometer. Brüssel: 1360 Kilometer. Nur eine Straße geht von hier ab. Die zweite ist durch Betonboller gesperrt. Nach zwanzig Metern endet sie in einem Schutthaufen, dahinter das typisch sardische Buschwerk. Lentisco, wilde Oliven. Kakteen, knallgelb blühendes Unkraut.

Ein Symbol. So weit ist sie schon, dass sie hinter der Inkompetenz der sardischen Verkehrsplaner mehr vermutet? Vielleicht gibt es auch im Fall der ermordeten Politikerin keinen Subtext.

Glauben wir den Aktivistinnen vorerst: Freda nimmt der Pinna die Fesseln ab, sie hat Proviant und Mobiltelefon ins Meer geworfen und fährt mit Maddalena davon, bevor ihr Opfer zu munter wird. Irgendjemand wird die Abgeordnete finden, bevor sie verdurstet oder verhungert. Sie wird sich nicht selbst wieder gefesselt haben. – Was, wenn sie ein zweites Telefon gehabt hat? Ein offizielles, ein privates. Wen wird sie angerufen haben? Ihren Mann für viele Fälle. Peppino Vasco. Oder gab es da längst einen anderen? Einen für alle Fälle? Den lockigen Luca?

Elena kehrt um und nutzt ihre Kontakte. Ein privates Smartphone wird bestätigt, ganz privat ist heute eben nichts mehr. Pinna wirke sauber, teilt man ihr mit. Als ob nicht korrupt automatisch sauber wäre. Bei Vasco sind sie sich nicht sicher. Seltsames Lobbying seiner Medienagentur, die bloß aus ihm selbst besteht. Freunde, die Freunde im Kreml haben sollen, das Übliche nahezu. Um möglichen Spuren von Geld zu folgen, brauchen auch ihre Kontakte Zeit.

Die hat Elena nicht, sie will Frieden. Endlich. Und sie hat eine Idee.

Peppino Vasco hat zugestimmt, sie am Strand zu treffen. Sie sei entsetzt über das, was passiert sei, hat sie ihm gesagt. So viel Hass, bloß weil es Oktopusgulasch geben sollte. Sie hätte gerne das Rezept. Ob er so arglos ist? Ob er sich sicher sein möchte, dass sie auf seiner Seite steht? Damit sie der Polizei das Richtige über das Messer und alles andere, was sie sonst noch wahrgenommen haben könnte, erzählen wird?

Er ist schon da, geht auf und ab, am Sand in Leder-Slippern. Janos Nagy, ihr ungarischer Freund, der sei leider schon weg. Die Polizei habe ihm Schutz angeboten, aber er hatte dringende Termine. Ein wichtiger Mann in Ungarn, ein ausgezeichneter Koch, einer, der es verstehe, Politik mit den schönen Dingen des Lebens zu verbinden.

Elena lächelt, fragt Vasco nach seinen Plänen. – Wo bleiben die bloß? Nichts zu sehen bei der Strandbude, die noch in Winterpause ist. Niemand hinter den Büscheln mit hohem Ufergras auf der Düne.

Man sollte noch nicht darüber reden, sagt Peppino Vasco. Aber es sei beschlossene Sache, dass er nun selbst in die Politik einsteige. Er werde das Werk seiner Liebsten fortsetzen, mit aller Kraft. Das sei er ihr schuldig. Er werde eine Pressekonferenz geben, noch hier, schon morgen Und er würde sich freuen, wenn sie als seine Zeugin mit dabei wäre. Er habe Sarden immer schon geschätzt, aufrechte Ehrenmänner – und Ehrenfrauen, setzt er rasch dazu.

Da tauchen sie auf. Sie haben Verstärkung bekommen, zehn, zwölf zählt Elena. Oktopusse mit voluminösen Kunstköpfen und dazwischen welche mit bescheideneren Masken aus einem Stück Karton. Sie singen und umtanzen die beiden.

„Haut ab, haut ab! Ihr rechten Arschlöcher, haut ab! Rache für die Oktopusse! Sie sind unsere Brüder und Schwestern! Rache für alle, die ihr im Meer ersaufen lasst!“

„Man muss sie endlich in Haft nehmen! Mörder, die frei herumlaufen! Ein Justizskandal“, schreit Vasco.

„Dokumentieren muss man das", ruft Elena gegen den wilden Gesang an. „Damit die Polizei auch glaubt, was da passiert! So blöd, ich hab mein Handy nicht mit!"

Er gibt ihr seines, ja, sie soll alles aufnehmen: sie, seine beste Zeugin, es ist, als hätte er das geplant, hat er aber nicht, das passiert! Einfach so! Diese Idioten und Verbrecher! Diese Radikalen und Mörder! Ihn müsse sie aufnehmen, er sei das Opfer!

Elena filmt und der Chor der Kopffüßer umtanzt sie, singt, brüllt, wiederholt sich, zunehmend ratlos. Der zweite Teil des Plans: Hat er nicht funktioniert? Wie lange dauert das hier, bis ... Da. Endlich. Blaulicht. Tumult und Widerstand, Kopffüßer, die in alle Richtungen davonlaufen, zwei davon direkt ins Meer. Elena holt Luft. Und rennt auch. Ein korpulenter Beamter will sie aufhalten. Ein rascher Haken. „Ich bin im Hotel", schreit sie zurück, „ich brauche bloß eine Toilette!" Wenig heldinnenhaft. Und wahr. Dann steht sie mit Vascos Mobiltelefon im Damenklo. Daten und Chats. Ein gelöschter Telefonanruf, kinderleicht zu finden. Eingegangen an dem Morgen, an dem es passiert ist. Fotos. Elena holt tief Luft. Sie zwingt sich, nicht genau hinzuschauen. Zuerst muss sie alles sichern.

Benita Pinna, gefesselt auf ihrem Boot. Woher hat er dieses Video? Die Abgeordnete lächelt, siegessicher.

„Jetzt sind sie dran!", sagt sie. „Mach noch ein paar Fotos! Und verwackle das Video! Du bist entsetzt! Du hast mich gerade gefunden und befreist mich! – Ein neues Video, das du nicht schneiden musst! Idiot! Das wirst du wohl hinkriegen!" Das Bild wackelt, das Video ist aus. Fotos. Jetzt ist auch ihr Mund verklebt. Die gefesselte Pinna einmal näher, einmal weiter weg von der Reling, die Morgendämmerung als Teil der Inszenierung.

Elena muss zurück, bevor die Polizei abfährt. Mit oder ohne Aktivistinnen, die ihrer Regie zum Glück gefolgt sind. War auch das Mindeste, nach dem, was sie ausgelöst haben.

Der Chor der Oktopusse sitzt, lehnt, steht rund um die beiden Einsatzwagen. Ohne ihre Verkleidungen wirken die jungen Leute seltsam kopflos.

Peppino Vasco redet auf einen der Beamten ein. Elena zieht ihn einfach am Ärmel mit. „Einen Moment", sagt sie und zeigt dem Lokalpolizisten ihren Ausweis. Sternenkranz der EU, Europol. Wie gut, dass sie vergessen hat, ihn abzugeben. Amtsanmaßung. Aber das ist hier, das ist jetzt egal.

„Sie hat alles aufgenommen!", erklärt Vasco. „Sie ist meine Zeugin."

Sie stehen bei der Strandbude. Sie hält ihm das Telefon hin. Wortlos. Ein besonders gelungenes Foto seiner gefesselten Verlobten.

„Wer … wer hat das aufgenommen?", stammelt er.

„Es ist Ihr Handy, Peppino."

Er reißt es Elena aus der Hand.

„Benita Pinna hat Sie angerufen. Von ihrem Privathandy aus. Sie sollten sie retten. Sie waren es, der Ihre Verlobte wieder gefesselt hat."

„Schwachsinn! Ich … habe aufgenommen, was passiert ist … sie … waren noch da, sie müssen sie dann …"

„Zwei Mal fesseln: Das hinterlässt eindeutige Spuren. Die haben ihr die Fesseln abgenommen. Sie haben ihr wieder welche angelegt."

„Sie wollte es so", keucht Peppino Vasco. „Sie hat mir befohlen zu dokumentieren, was die Radikalen ihr angetan haben. Es gibt ein Video … das zeigt das … Ich habe sie unterstützt!

Immer! Die Chaoten haben irgendwo gelauert … die wollten auch mich … diese linken Verbrecher …“

„Die Gunst der Stunde“, fährt Elena fort. Gab es noch einen Funken Unsicherheit, jetzt ist er vorbei.

„Das Messer! Sie haben es selbst gesehen! Es war bei den Terroristen! Ich habe sie geliebt! Wir waren verlobt!“

„Sie sind Benita lästig geworden. Ihre … Überinszenierungen, Ihr Ego, seltsame Kontakte und Geschäfte. Sie wollte sie loswerden, jetzt, wo ihr Aufstieg beschlossen war: Staatssekretärin, vielleicht Ministerin. Alles im Chat. Benita wollte wohl wirklich, dass Sie sie fesseln, Fotos machen. Und plötzlich haben Sie gedacht: keine Benita, kein Absturz. Stattdessen trauernder Verlobter. Und Politik bleibt bei euch doch gerne in der Familie.“

Er bemerkt gar nicht, wer aller näher gekommen ist. Ordnungshüter und solche, die auf eine andere Ordnung hoffen.

„Das Messer war Ihr erster Fehler: Und dass ausgerechnet ich bezeugen sollte, wo Sie es gefunden haben. Ich wollte keine Zeugin sein, die sieht, was eigentlich ganz anders war. Warum hätten es die Aktivistinnen nicht wie alles andere ins Meer werfen sollen?“

Elena steht am Ufer. Das Meer ist unruhig geworden, lange kräftige Wellen, sie brechen, sie rollen über den Sand, spielen mit zwei Oktopusmasken aus Karton.

Das Meer atmet, hat ihr Großvater immer gesagt. Es atmet ein und atmet aus.

À LA MORD

Das gute Zischen. Wenn der Fisch auf das Öl trifft, bei der richtigen Temperatur. Damit die Hautseite kross wird, bevor das Fleisch durchgaren kann. Der winzige Spritzer auf der Haut, keine Verletzung, ein Kontakt. Zwischen ihr und dem, was entsteht.

Caro wischt ihren Handrücken an der Schürze ab, ohne es auch nur zu merken. Sechs Flammen, sieben Töpfe und Pfannen, sie hat alles unter Kontrolle. Es sind Momente wie dieser, für die sie alles andere vergisst. Da der Safran-Hühnerfond, dort die Fregola mit luftgetrockneten Tomaten. Sie schwenkt die Lammleber und die feinen grünen Spargelspitzen, würzt mit ihrer ganz speziellen Kräutermischung, sie gibt die hauchdünnen Nudeln ins Wasser, eine Minute, dann kommen sie in den Fond, dann hinaus, die Suppe geht zu Tisch 4, gemeinsam mit dem Salat aus fermentiertem Kohlrabi, Jungknoblauch, Chilisardellen.

Ein rascher Blick auf ihre Praktikantin. Mira frittiert Selleriestroh. Sie kriegt das hin.

Nicht vergessen, dass die beiden auf Tisch 2 eine Tomatenallergie haben. Egal, ob es die gibt. Kein Stückchen Paradeiser wird sich ihnen auf zwei Meter nähern. Sie teilen sich alles. Sie sind etwas anstrengend. Sie sind Stammgäste.

Lucas sieht besorgt aus. Normalzustand. Andere wären in seinem Alter in Pension, sie hat Glück. Die treuste Seele, die es gibt. Mit dem Wissen und der Eleganz eines alten Oberkellners. Sie hat sehr viel Glück, denkt sie und ruft: „Raus mit dem Selleriestroh! Abtropfen!“

Lucas sieht sie zweifelnd an. Hat sie etwas vergessen? Die jungen Kartoffeln mit Estragon zum Lamm. Nein. Mira hat sie nachgebracht.

„Was ist?"

„Der einzelne Gast auf Tisch 5. Testesser. Von DEM Führer." Sein Gesicht in hundert Falten.

„Er kriegt zu essen, keine Sorge!"

„Es ist DER Tester."

„Wer? Der?" Sie hat keine Zeit für solche Dialoge. Beinahe hätte sie die Nudeln zu spät in den Fond gegeben. „Suppenteller raus", sagt sie zu Mira. Die funktioniert. Unterteller, Teller aus dem Tellerwärmer.

„David Steiner. Er hat schon einmal versucht, dich zu vernichten."

Sie lacht.

„Er hat fast dein Leben zerstört!"

„Unsinn, es war das Beste, was mir passieren konnte." Jetzt hat sie ihr eigenes Lokal: „Ums Eck". Sie kocht, was ihr gefällt. Und es gefällt auch den Gästen. Sie sollte rausgehen und ihm persönlich dafür danken. „Hier bin ich glücklich", sagt sie.

„Ich habe das Interview gelesen. Aber: Wirst du auch glücklich bleiben?"

Sie braucht keine Führer mehr, allein wie das klingt: Führer! „Was hat er bestellt?"

Zlata reißt die Spülmaschine auf, ein Schwall heißer Dampf, Mira ist näher gekommen und zuckt zurück.

„Durch ihn hat sie beide Sterne verloren", sagt Lucas zur Praktikantin. Lucas, der Wert darauf legt, dass man seinen Namen französisch ausspricht. Und mit c schreibt. Obwohl sie weiß, dass es in seinem Personalausweis anders steht. Lucas, der mit ihr das „Tempel" verlassen, mit ihr neu angefangen hat.

Caro schweigt. Früher hätte sie gebrüllt. Hier wird gekocht, nicht geschwatzt. Da ist es anders. Ist sie anders. Zumindest etwas. Was will der Tester hier? Unrecht wiedergutmachen? Unrecht. Das war es. Die Investoren haben sie rausgeekelt. Sie klatscht in die Hände. „Weitertun!" Nie wäre sie ohne ihn dahin gekommen, wo sie heute ist.

Jetzt runzelt auch Mira die Stirn. „Kann ich helfen?"

„Ja. So wie immer."

„Ich kenne die Geschichte."

„Schnee von vorgestern." Es war hart. Aber jetzt macht sie, was ihr wirklich gefällt: spontan, echt, ehrlich, für wenige Menschen das kochen, was ihr gerade in den Sinn kommt. Das lässt sie sich nicht zerstören. Die monströse Dunstabzugshaube brummt, sie röhrt, sie ist in die Jahre gekommen, hier drin ist das wenigste neu und niemand ist mehr jung. Geschepper. Zlata, die wieder mal den Haken für die Sauteuse verfehlt hat. Um ein Haar wäre das Teil in den großen Topf mit der Wildschweinsuppe gefallen. Caro fasst mit der einen Hand den Bestellbon, mit der anderen zieht sie die Lammleber vom Feuer. Wenn die durch ist, hat sie versagt. Die Leute auf Tisch 1 sind fordernd, sie sollen das Beste kriegen. Sie sind Fans, gerade weil sie sich auskennen.

Sie liest: Tatar à la Vietnam von der heimischen Lachsforelle, weißes Welsfilet auf Tomat… – Der Fisch! So schnell kann es gehen und die Verbindung reißt, zwischen ihr und dem da in der Pfanne, sie hätte beinahe auf ihn vergessen, ihren Liebling. Die Küche, sie duldet keine Ablenkung, das bleibt, das bleibt immer, sie schiebt die Pfanne in den Salamander, so weit wie möglich weg von den rot glühenden Heizstäben.

„Fischteller", befiehlt sie, probiert den Couscous. Am Punkt. Es fehlt … etwas Salz? Zehntelsekunde der Verunsicherung. Sie fängt sich wieder, nicht zögern, ein paar Tropfen besonderes Olivenöl, im Zweifelsfall die beste Würze.

„Er hat geschrieben, dass sie alles nur geklaut hat, dass sie fantasielos ist, dass sie nicht abschmecken kann, alles Holzhammer oder so", flüstert Lucas der Praktikantin zu.

Caro holt Luft. Und bläst sie wieder aus. Das Wildschweinragout in den tiefen Teller. „Das Stroh", blafft sie. Die Kräuter, die … Ich muss ihm dankbar sein, denkt sie. Nicht, weil er die Wahrheit geschrieben hat, sondern weil ich sonst nie aus dem Wahnsinn rausgekommen wäre. Jetzt habe ich meinen eigenen Wahnsinn, meinen ganz eigenen. Sie grinst.

Mira und Lucas mit offenem Mund. Nein, sie ist nicht verrückt geworden. Noch nicht.

„Weiter!", sagt sie und Mira dekoriert das Ragout mit hauchdünnen Selleriestreifchen. „Tatar, weißer Wels, Dessert Surprise, wir machen es wie immer!"

Lucas greift nach den Tellern. Seine Gestalt: aufrecht, elegant. Einem echten Oberkellner sieht man nichts an. Keine Erschütterung. Nicht einmal, nachdem ihm Brandy die Fleischgabel in die Wade gerammt hat. Damals im Küchen- und Sternedelirium. Am nächsten Tag hatte der irre Saucier ein blaues Auge. Wochenlang wollte er nicht sitzen. Niemand hat nachgefragt.

„Es geht bergauf! Du hast dir längst wieder einen Stern verdient!", sagt Lucas im Abgang.

Die Foodbloggerin. Diese Influencerin, die angeblich hunderttausende Follower hat, sie soll auch kommen. Ausgerechnet. – Ausgerechnet? Egal. Ich habe einen einzigen Fehler gemacht: Ich habe nicht öffentlich und laut gesagt, dass ich auf Bewertungen pfeife, denkt sie. Dann wäre sie Führer-Tester und Blogger-Pest los gewesen.

„Das Interview war gut“, sagt die Praktikantin. „Dein Weg ist der richtige. Und dass du dich sogar bei ihm bedankt hast – sitzt er wirklich draußen?“

Caro nickt. Klar. Im Zivilberuf ist Mira Journalistin.

Sie hackt das marinierte Lachsforellenfilet doch lieber selbst. Die vorbereiteten Gewürze dazu. Sie überlegt. Eine Prise von … ja. Ja. Im Ring anrichten. Ein kühner Strich Balsardo. Blättchen vom vietnamesischen Koriander. Ein einzelner perfekter blauer Kartoffelchip. So wie es jeder kriegt. Basta.

Zlata sagt, sie muss aufs Klo. „Warum nicht vorher?“, knurrt Caro.

„Da war ich auch, ich kann doch nichts dafür, oder?“

Lucas. Warum hat er ihm die Vorspeise nicht gebracht? Warum steht er mit dem Teller in der Küche? Steifer denn je?

„Er hat das zurückgeschickt“, sagt ihr Kellner. Und genau in diesem Moment ist es, als würden Dunstabzugshaube, Geschirrspüler, als würde das gesamte Küchenkonzert innehalten. Generalpause. Ganz laut ist es zu hören. „Grauenvoll.“

„Was? Was hat er sonst gesagt?“

„Nichts, nur das. Er hat bloß einen Bissen genommen. Soll ich ihn rauswerfen?“

Caro starrt auf den Teller. „Unsinn! Er ist ein Gast wie jeder andere! Und er wird zahlen! – Mira, was ist mit den Nougatpofesen für Tisch 6? Du weißt, dass das hier Arbeit ist!“

Sie stellt den Teller hinter sich. Er hat ins Tatar gemantscht. Aber nichts gegessen, so gut wie nichts. Ein rascher Blick. Lucas ist verschwunden, Mira schwitzt über der Pfanne mit den Pofesen. Caro kostet. Grauenvoll? Die Konsistenz ist perfekt. Nichts auszusetzen. Vietnamesisch ist würzig. Anders. Gewokter Pfeffer und Zimt. Sie kostet noch einmal. Was will der Typ? Egal.

Die Pofesen. Sie riecht, dass die gleich anbrennen. Man muss so etwas spüren, bevor es passiert. Ein rascher Griff. „Shit!", ruft Mira.

Wird Zeit, sich eine echte Küchenkraft zu leisten. Auch wenn das mit den Praktikumsplätzen eine gute Idee war. Nicht nur wegen des Personalmangels. Man darf mitarbeiten, lernen, erlebt alles hautnah – und muss nicht einmal dafür zahlen. Diese Mira ist eine von den Guten. Sie hatte auch schon andere. Aber sie ist kein Profi.

Weitertun. Spinat mit Ingwer. Sie greift nach unten, zum Hold-o-mat, die Lammschulter, die seit in der Früh im Niedertemperaturgerät zieht. Nach oben mit dem schweren Blech. Ihr wird schwindlig, da muss man durch, sie hat gelernt, was das Wichtigste ist: zäh und hitzebeständig zu sein, gerade als Frau. Riecht richtig, ist zart, fast etwas zu weich, die Leute mögen das. Passt schon. Konzentration.

Der Wels, es ist das schönste, das dickste Mittelstück. Zufall. Er hat ihn nicht verdient. Er kriegt ihn, weil ihn jeder kriegen würde. Sie kostet noch einmal von dem Tatar. Wirklich, in Ordnung. Sie kippt es in den Biomüll.

Die Bloggerin ist da. Sie steht plötzlich in der Küche. Zuallererst sieht Caro die rosa Sneakers mit den enormen Plateausohlen. Dann schon das Handy. Sie hält es vor sich. Filmt sie?

„Das geht jetzt nicht."

Keine Reaktion.

Vakuum im Hirn. Für eine Sekunde. Dann fängt sich Caro. Durchatmen. Tief. Und so, dass es niemand sieht. Der Wels für Tisch 5. Drei davon hat sie heute schon rausgeschickt, Übungsstücke, das hier ist das Meisterwerk. Es geht nicht darum, für wen sie kocht, es geht darum, es gut zu machen. Zwei frittierte Kirschparadeiser, mit einer Pinzette zieht sie die Haut hoch.

Knusprige Fahne. Ein paar Tropfen der ganz besonderen Essenz. Ich bin es, die gewinnt!

„Und das ist …?“, fragt die Bloggerin und dreht sich blitzschnell so, dass ihr Gesicht für einen Moment jenes von Caro streift. Sie kann ihren Lippenstift riechen, Jojoba und Sandelholz. Ihr wird flau, sie konzentriert sich auf das Handy in der weit weggestreckten Hand.

Caro lächelt. „Weißer Wels. Ich zeige Ihnen noch was!“

Die Bloggerin tanzt neben ihr her, tanzt aus der Küche.

„Ich habe Tisch 3 vorbereitet. Platz nehmen. Bitte.“ Sie zwingt sich, nicht zu Tisch 5 zu sehen. Die Lokalrunde wird sie später drehen. Und an jedem Tisch fragen, wie es geschmeckt hat.

Zurück in die Küche. Lucas sieht nach Schlaganfall aus. Caro wird eiskalt, für einen Moment, aber jetzt geht es nicht um sie. „Was …“

Der Blick ihres Oberkellners. Der Teller. „Strohig, der Wels, nicht zu essen“, flüstert er. „Soll ich …“

Sie will hinaus und entscheidet sich dagegen. Schwarze Punkte, Sternchen vor den Augen. Sterne. Sie will keinen Stern mehr. Alles, was sie will, ist kochen.

„Der hat es auf dich abgesehen!“

Sie holt Luft. Es ist, als wäre ihre Lunge perforiert. Man muss da durch. Nie wird mich so einer mehr stören. Nie mehr. Nicht so ein aufgeblasener Tester, der selbst nichts kann und schmeckt.

„Warum verfolgt er dich?“, fragt Mira.

„Uninteressant“, sagt Caro. Es klingt schwach, zu schwach. Weitertun. Keine Ahnung, denkt sie. Weil ich eine Frau bin? Weil irgendwer irgendwas gesagt hat? Weil die Branche eben ist, wie sie ist?

„Alles okay?“ Miras Stimme. Von weit weg.

Natürlich. Bald ist es vorbei. Sie wird draußen sitzen und einen Schluck Rosé trinken, dann, wenn niemand mehr da ist.

Sie macht weiter. Und heimlich, als ob sie sonst ein Versagen, eine Schuld eingestehen würde, kostet sie zwischendurch. Das Fischfleisch ist glasig, auch jetzt noch, saftig. Das Bittere, es kommt nicht vom Teller, es kommt aus ihr. Der Stress, er schlägt sich auf den Magen.

Zweimal Lammschulter, nur mit Kartoffeln. Die Bloggerin. Amuse-Gueule: das kleine Trüffelei. Wachtel, passt. Spinatwachtel hat man früher zu so einer gesagt. Sie kann sich nicht an ihr Gesicht erinnern, nur an die Schuhe.

Das Dessert. Mira soll es machen. „Wie immer", sagt Caro. „Kardamom-Schokomousse, geflämmter Eischnee, Himbeergelee."

Die Praktikantin schwitzt. Sie sollte ein paar Kilo abnehmen, denkt Caro und lehnt sich an die Arbeitsfläche aus Edelstahl. Sie blitzt, sie strahlt, beinahe höhnisch. Keiner kann ihr an, Edelstahlflächen schon gar nicht. Sie hat schon ganz anderes ausgehalten. Hitzebeständig und zäh, das zählt vor allem anderen. Warum ist ihr so kalt?

Mira hat die frische Apfelminze vergessen, Caro zerzupft ein Blatt über der goldgelben Haube aus fluffigem Nichts.

„Sorry", schnauft die Praktikantin.

Caro lächelt. „Es muss dir nichts leidtun." Zum Finale ein Pinselstrich vom Allerfeinsten. Und hinaus. Lucas streckt sich. Wird groß, immer größer, stocksteif. Sie hat Angst, dass er bricht.

Und weiter. Der Wildschweinfond, man muss ihn abseihen. Die beiden auf Tisch 2, sie wollen sich nun doch noch eine Lammleber teilen. Zlata soll heurige Erdäpfel putzen. Nicht schälen, bloß schrubben. Caro atmet mit offenem Mund. Man darf nicht auf die Bloggerin vergessen, was ist eigentlich der Unterschied zwischen Bloggerin und Influencerin? Die Anzahl der Follower? Wer folgt ihr? Bocuse ist im Hochwasser auf einem Stand-up-Board gepaddelt, er war über achtzig. Das Dessert kommt nicht zurück. Wie konnte er wissen, dass es Mira gemacht hat? Wer hat geredet? Sie verraten? Niemand, niemand, da ist niemand. Nur der treue Lucas. Wo ist er? Sie klingelt, er kommt nicht. Sie will nicht hinaus. Wegen der Influbloggerin. Sie drückt ein paarmal auf die Klingel.

„Er ist weg“, sagt Lucas, als er im Gang zur Küche auftaucht.

„Hat er gezahlt?“

„Ihm war nicht gut. Die bringt mich noch um, hat er gesagt. Dann ist er hinaus. Die Frau mit dem Handy ...“

Egal, soll sie filmen.

„Er hat was von einem Nachspiel gesagt, oder einen Nachschlag, ich war mir nicht sicher, aber er hat nichts ...“

Er ist weg. Gut. Das ist sehr gut. Caro holt tief Luft. „Die geteilte Lammleber. Zu den Paradeiserfreien. Auf Tisch 2.“

Der große Topf mit dem Wildschweinfond. Früher hat sie so einen Topf ohne Probleme getragen. Fünfundzwanzig Liter Fassungsvermögen. Fassung bewahren. Nur Mira, die schaut fassungslos. Dann löst sich ihr Gesicht auf, ist in die Suppe gefallen, wie die Küche, wie alles, alles. Aufgelöst, ausgelöst, Sterne und dann schwarz.

Mira sitzt mit Lucas an Tisch 1. Helles Holz, blank wie die anderen. Zlata hat geputzt, als könnte das Böse weg. Vor ihnen die Zeitung. Lucas, ein alter Mann. Gebeugt. Vorgestern war Begräbnis.

„*Das Duell*“, liest Mira. Sie hat es schon einige Male gelesen. Der Text, viele Texte wie dieser sind in sie gefallen und nicht angekommen. Nichts, was verstanden werden kann.

„Die Spitzenköchin Caro W. wollte sich an David St. rächen, er hatte sie aus dem Sterne-Tempel vertrieben. … Laut den Ermittlungsbehörden konnten im Bio-Abfall Rückstände von Aconitin, dem Toxin des Blauen Eisenhuts, sichergestellt werden … Erstes Statement des anerkannten Gourmet-Testers … er dankt seinem feinen Gaumen, seinem Cuisine-Instinkt … nur überlebt, weil er alles zurückgeschickt hat … wollte ihr eine zweite Chance geben … Küchenhilfe Zlata G. bestätigte, dass die hochdekorierte Köchin in der Hitze des Gefechts selbst vom vergifteten Fisch gekostet …"

Friede ihrer Asche, fällt Mira ein. Nichts, was sie Lucas sagen könnte. Von Trost keine Spur.

„Warum lebt er und sie ist tot?" Sie hat laut gedacht.

„Wenn etwas zurückgeschickt wird, hat sie gekostet. Immer. Er hatte keinen feinen Gaumen", antwortet Lucas. „Dabei war er vom Fach. Müssen sie sein, bei diesem Gourmetführer."

„Die Fakten …" Es klingt falsch.

„Man sieht sich immer zweimal", hat ein Gourmetmagazin getitelt. *„Rache wird kalt serviert"* ein anderes. Sie haben einander übertroffen. Mira. Sie hat nichts geschrieben. Nichts als Stehsätze im Kopf.

„Was war damals, im ‚Tempel'?", fragt sie Lucas und kriegt keine gute Antwort. Man weiß es nicht. Ungerecht war es, eine Hinrichtung. Noch mieser, dass sich der Betreiber, dass sich seine Investoren gegen sie gewandt haben. Caro. Die erste Frau, die in den Kocholymp aufgestiegen wäre. Wer hat profitiert? Solche Fragen muss man sich stellen. Aber: Niemand hat etwas gewonnen. Das „Tempel" musste ein Jahr später schließen. Knapp am Konkurs vorbei. Und jetzt? Die Bloggerin. Sie hat zehntausende Follower mehr. Sogar im Fernsehen war ihr Video, wie der Tester vom Arzt gestützt wird, wie er mit ihm wegfährt.

„Sie war glücklich hier", sagt Lucas.

Man sieht sich immer zweimal. Rache wird kalt serviert. Oder andersrum. – Andersrum?

David Steiners Biografie. Keine Kochlehre, sondern höhere Tourismusschule. Praktikum in den USA, Culinary Academy. Praktika in Frankreich, in Spanien. Die Eltern müssen Geld haben. Oder gehabt haben. Ein eigenes Lokal mit knapp über zwanzig. Und dann: biografische Lücke. Zwei Jahre bis zum Einstieg beim Gourmetführer. Mira sitzt vor ihrem Laptop, starrt auf die Dächer von Wien. Sie ist eine gute Köchin, aber das kann sie besser: recherchieren. Da war ein Wettbewerb. Next Chef of the Year. Die Jury: Chefs of the Year. Unter ihnen Caro Kaiser. Man sieht sich manchmal dreimal. Warum hat sie nichts davon erzählt? Manninger. Er war auch in der Jury. Den kennt Mira gut.

„Eine Tragödie", sagt er. Mira ist raus zu ihm aufs Land und hatte Glück. Er ist über siebzig, kocht nur mehr on demand. Wenn er Lust hat und die richtigen Leute fragen.

„Caro war sehr direkt. Sie war härter als die Härtesten von uns, damals. Wie er geheißen hat? Zu lange her. Sicher zwanzig Jahre. Sie hat ihn zur Sau gemacht. Sie hat Leute mit Flausen gehasst. Und solche, die sich nicht alles erarbeiten mussten. David Steiner? Gut möglich. Er hat geglaubt, er gewinnt den Wettbewerb. Seine Eltern hatten ihm das Messer angesetzt. Entweder du beweist, dass du top bist, oder die Unterstützung ist weg."

„Sie hat verhindert, dass er siegt?"

„Nein. Er war nicht gut genug. Caro hat es bloß ausgesprochen."

„Und danach?“

„Es gibt viele, die bei Wettbewerben antreten. Die wenigsten gewinnen. Ich wusste nicht, dass er Tester geworden ist.“

„Er war nie bei dir?“

„Keine Ahnung.“

„Auch Caro hat ihn vergessen.“

„Er war unwichtig. Sie war fokussiert. Da waren viele Jahre dazwischen.“

Rache wird kalt serviert. „Warum stirbt sie? Und er lebt? Ein Arzt hat ihn abgeholt. Vielleicht gab es ein Gegengift …“

„Er stammt aus einer Ärztefamilie, dieser Steiner, daran erinnere ich mich. Sie hat gesagt, wenn du jemand vergiftest, dann kannst du wenigstens nach deinem Papa rufen.“

Das Auto, das ihn abgeholt hat. Im Fernsehen ist die Nummerntafel verpixelt. Auf Social Media nicht.

„Total tragisch“, sagt Dr. Lohberger. „Es sollte bloß ein Scherz sein.“

„Ein Scherz?“

„Er wollte ihr eins auswischen. Er hat gesagt, die verhöhnt mich. Die gibt ein Interview und bedankt sich noch dafür, dass ich ihr die Sterne weggenommen habe.“

„Sie haben mitgespielt?“, fragt Mira. Sie sitzt ihm gegenüber. Er im weißen Mantel, ein Notfall hat sie gesagt.

„Ultimative Eskalation. Tut mir leid, Patienten warten …“

„Der Plan. Was war sein Plan?“

Der Arzt sieht Mira an. „Es war nicht sein Gaumen, es war pures Glück. Er hatte geplant, alles zurückzuschicken, so zu tun, als würde ihm übel, ich habe schon gewartet, dann sind wir gefahren.“

„Die Influencerin …“

„… bekam einen kleinen Hinweis. Ich bin nicht stolz darauf, mitgetan zu haben. Sein Bruder hat mir einmal sehr geholfen. Wer konnte wissen …"

„Ihm war nicht einmal übel."

„Er hat nichts gegessen."

„Jeweils zumindest einen Bissen."

„Vielleicht hat er ihn ausgespuckt."

„Warum hätte er sollen? Er wusste nichts vom Gift." Andersrum, alles ist andersrum, geht es wieder durch Miras Kopf. Wenn etwas zurückgeschickt wird, hat sie gekostet. Warum hat sie nicht aufgepasst? Zlata hat es gesehen. Er hatte keinen feinen Gaumen, aber er war vom Fach.

Der Arzt starrt sie an. Hat sie laut gedacht? Kann er Gedanken lesen?

„Er … hat keinen besonderen Geschmackssinn, oder?", fragt Mira.

„Er hat viel Erfahrung."

Mira nickt. „Es war ihm klar, dass sie kosten würde, wenn er ihre Gerichte zurückschickt."

„Es … Damit will ich nichts zu tun haben." Der Arzt steht auf.

„Sie können nicht …"

„Eben. Kommen Sie."

Die Aconitin-Essenz. Was für ein Glück, dass David Steiner das Fläschchen unter die Baumwurzel geschoben hat. Nachdem er den Arzt gebeten hatte, zu halten. Weil er dringend pinkeln muss. „Damit will ich nichts zu tun haben", hat Dr. Lohberger noch ein paar Mal wiederholt. Was für ein Glück, dass er aufgepasst hat. Dass sie den Baum gefunden haben. Was alles ein Glück ist. Es macht Caro nicht mehr lebendig.

„Mahlzeit“, sagt Mira und hält Steiner das Fläschchen hin. Manninger nickt. Es war seine Idee, den Tester bei der Arbeit abzupassen. Am schön gedeckten Tisch, während in der Küche die Gerüchte brodeln: Der da draußen, der könnte ein Testesser sein, einer von DEM Führer. Weitertun! Das Beste geben, das Allerbeste!

„Sie hat mein Leben zerstört“, schreit er. „Sie hat sich nicht einmal an mich erinnert!“

Der Chef, er kommt aus der Küche, schwarze Kochjacke, Tattoo am Unterarm, er hat ein langes Messer dabei. Die Gäste. Sie ducken sich.

Der alte Oberkellner. Das hier ist seine Bühne, war es immer. Er sieht auf ihn hinunter, den Mann, dem beinahe ein perfekter Mord gelungen wäre. Wenn er sich damit zufriedengegeben hätte, Caro Kaiser mit ihrem eigenen delikaten Menü zu vergiften. Aber er wollte sie vernichten. Über den Tod hinaus. Lucas ist es auch, der Recht spricht: „Er ist nicht besonders talentiert.“

EINE HELDINNENTAT

In der Pause sieht Alma in den Spiegel. Sie hätte schöne Augen, hat Herr Dworschak gesagt. Er ist sicher über achtzig und sieht so schlecht, dass er schon versucht hat, seine Serviette zu essen. Außerdem: Wer schaut schon auf die Augen?

Ihr Plan war, sich das Essen abzugewöhnen. Sie würde noch dünner werden als Nicole, die eingebildete Gurke. Blass und interessant würde sie sein. Selbst Patrik hätte sie endlich bemerkt, und mehr als das. Alle würden sich um sie kümmern, so wie das bei Katja aus der Parallelklasse war. Sie haben sich Sorgen gemacht, weil die Katja nicht mehr essen wollte. Das muss man sich einmal vorstellen: Bei ihr heißt es immer nur: „Friss nicht so viel." Natürlich wollte sie nicht krank werden, der Plan war bloß, dünn zu werden. Dann hätte sie wieder gegessen – und zumindest eine Zeit lang hätte sie so viel essen können, wie sie will. Wahnsinn.

Aber wie kann man nur so blöd sein und seiner Mutter davon erzählen?

Damit hat alles angefangen.

Alma weiß doch, dass die unberechenbar ist. Einmal ganz vernünftig und dann wieder … aufgeregt, um es freundlich zu formulieren. Der Typ, zu dem sie Vater sagen soll, nennt Mutter dann hysterisch, aber was er von sich gibt, nimmt Alma auch sonst nicht ernst. Sie hat wirklich nichts dagegen, dass sich ihre Mutter wieder einen Mann gesucht hat, aber hat es ausgerechnet der sein müssen?

Mutter hat ihre original bosnischen Dolma gemacht und Alma ist so herumgelehnt und ins Reden gekommen. Irgendwie muss es an der Küche liegen und daran, dass man vielleicht doch irgendetwas sagen möchte, oder es hat damit zu tun, dass Mutter endlich mal nur dasteht und Zwiebel schneidet. Dabei: In diese Küchen-Mutter-Tochter-Falle ist sie nicht zum ersten Mal getappt. Was für ein Theater, nachdem sie Mutter erzählt hat, dass sie und Martin mehr als nur geknutscht haben! Die ganze entspannte Küchenruhe beim Teufel: Aufklären wollte sie Alma und ist dabei rot geworden, war das peinlich. Wenn die wüsste, wie viele Mädchen mit allen möglichen Jungen herummachen, da würden ihr die Augen herausfallen, denkt Alma. Ich bin eh so vernünftig, dass es mir vor mir selbst graut.

Alma versucht einen verführerischen Blick und schneidet eine Grimasse. Sie findet, dass sie wie ein entgleistes Emoji aussieht, Verwandte von denen, die über die Seiten fluten, wenn Martin sich wieder wo reingehackt hat. Nichts, was man mag. Der Spiegel hat Flecken. Weil Draga wieder mal schlampig geputzt hat. Dass sie überhaupt hier und mit Draga …

Dabei: Eigentlich kann sie zufrieden sein. Ihr Chef ist nett, wenn auch manchmal seltsam. Dann schreit er: „Ich mache aus Ackergäulen Rennpferde!“ Was ist sie? Ein Ackergaul? Und sie will auch kein Rennpferd sein. Eines der hübschen gefleckten Pferde vielleicht, die sie bei ihrem Onkel in Bosnien gesehen hat. „Alte Heimat“ nennt ihre Mutter das Land, und sie kriegt feuchte Augen dabei. Nur wenn sie zu viel getrunken hat, redet sie von den Männern, die das Dorf überfallen haben, und den vielen Waffen und ihrem Bruder, der verschwunden ist. War alles lange vor Almas Geburt.

Alma sieht auf die Uhr. Zehn Minuten, dann ist die Pause vorbei. Sie zieht die Wangen nach innen. Nützt nichts. Wahrscheinlich hätte sie auch als Magersüchtige noch ein rundes Gesicht gehabt. Wenigstens ist die Schule Geschichte. Was für eine schwachsinnige Idee, sie in ein Oberstufengymnasium mit Schwerpunkt Wirtschaft und Technik zu stecken. Zahlen hat sie noch nie leiden können. Stattdessen zeichnet sie gerne. In Sprachen wäre sie auch nicht schlecht, wenn sie sich bloß trauen würde zu reden. Nur: Man wird so schnell für dumm gehalten, wenn man in einer fremden Sprache herumstottert. Das kennt sie von Kind an. Aber der Typ, den sie Vater nennen soll, hat Mutter eingeredet, so ein Technik-Gymnasium sei die Zukunft. Weil der sich auskennt. Da braucht sie sich doch nur seine Gegenwart anzuschauen. Dauernd hat er eine neue Geschäftsidee, die er dann die ganze Nacht lang mit seinen Kumpels bespricht. Das Einzige, was dabei weitergeht, ist das Bier. Von Beruf ist er Portier. Das wird er immer bleiben. Von ihr wollte er, dass sie die große Kohle heranschleppt. Dumm gelaufen. In drei Fächern ist sie auf einem klaren Nicht genügend gestanden. „Und das, wo sie so intelligent ist!“, hat Mutter gekreischt. „Was ist bloß mit dem Mädchen los?“ Kein Wunder, dass man da auf Ideen kommt. Eine Magersüchtige, um die muss man sich sorgen.

Falsch gedacht. Kaum hat sie ihrer Mutter mitgeteilt, dass sie nichts mehr essen wird, hat die wieder mal durchgedreht. Und ihre beste Freundin angerufen. Wo Draga andampft, wächst kein Gras mehr. Einen Meter achtzig oder so, Brustumfang zum Ersticken, bäckt immer noch diese ekligen bosnischen picksüßen Dinger. Und Alma muss das Zeug essen. Wie sie es hasst, wenn Draga ihr auf die Wange klopft und sagt, dass sie stark werden muss. Sie will nicht aussehen wie die Freundin ihrer Mutter. „Lawine“ nennt der Typ, zu dem sie Vater sagen soll, Draga. Manchmal, wenn auch selten, trifft er den Nagel auf den Kopf. Natürlich wollte er nicht, dass die Lawine von ihrem

Spitznamen was mitbekommt. Als es doch passiert ist, hat sie ihm eine geknallt und er hat ausgesehen, als wäre ein Felsen auf ihn gefallen. Besser, man legt sich nicht mit ihr an. Jedenfalls hat auch Draga aus ihren Magersucht-Überlegungen ein ganz großes Drama gemacht. Herumgeschrien haben die beiden Freundinnen im Wohnzimmer und dabei Eierlikör getrunken. Alma hat richtiggehend gesehen, wie ihre Mutter immer wieder genickt hat, auch wenn die Wand dazwischen war.

Sie weiß nicht, warum Mutter so sehr auf Draga hört, aber wahrscheinlich hat man bei Draga keine Wahl. Die hat sich in Österreich gleich zurechtgefunden. Sie war in Mostar Putzfrau und Dreck gibt's auch hier genug. Der Unterschied zwischen den Leuten, die eine Bedienerin beschäftigen, ist mehr oder weniger null, sagt Draga. „Sauber, Reinigungsarbeiten aller Art" gehört einer Cousine von ihr. Vesna Krajner. Die ist ziemlich cool, macht auch Personenschutz und so. Aber das ist eine andere Geschichte. Als Almas Mutter jung war, war sie Verkäuferin und hat im Chor gesungen. Jetzt sortiert sie in einer Fabrik Hühnerleichen. Wenn Alma etwas nicht essen kann, dann ist es Hühnerfleisch. Es hat eine Zeit gegeben, da hat sie geträumt, ihre Mutter wäre ein riesiges Huhn. In dem Traum hat sie herumgegackert und sie war die Einzige, die gemerkt hat, dass Mutter als Nächste drankommen soll, zack, und tot und zerteilt und verpackt. Das ist das einzig Gute an dem Typ, den sie Vater nennen soll. Er hat den Geruch auch nicht leiden können, also duscht sich Mutter jetzt lange und heiß, wenn sie heimkommt, und besprüht sich dann mit Parfüm.

An jenem Nachmittag hat Draga beschlossen, dass es für Alma zu Ende ist mit der Schule. Alma sollte sich vorstellen gehen in dem Gasthaus, in dem sie putzt. Der Besitzer ist ziemlich berühmt, immer wieder im Fernsehen, Draga macht seit ewig eine große Sache daraus, nennt es „Restaurant" und nimmt alles über diesen Koch auf Video auf. Zum Glück kann das keiner mehr abspielen. Die suchen einen Lehrling, hat Draga gesagt, und weil das ein so bekanntes Lokal sei, wäre das ein Sprungbrett für jeden, der dort arbeiten darf.

Draga ist noch nicht sehr weit gesprungen, denkt Alma und sucht nach einer sauberen Schürze. Aber das hat vielleicht mit ihrer Masse zu tun. Von wegen, dass nur der Typ, den sie Vater nennen soll, mit ihr hoch hinauswill. Die sollen sie in Ruhe lassen mit dem Springen. Verlangt keiner hier von ihr. Auch wenn der Chef manchmal „Schwing die Hufe!" ruft. Er hat es mit den Tiervergleichen. Dem ist sie immer zu langsam, aber dem sind alle zu langsam. Und er ist verdammt schnell. Pepos These dazu lautet: „Der hat auch nicht mehr viel Zeit, in seinem Alter."

Weg von der Schule – keine üble Idee. Schon wegen der Zahlen, und Spaß macht es auch nicht, wenn man von allen für blöd gehalten wird. Ihre Freundin Irmi ist schon vor einem halben Jahr ausgestiegen. Ist einfach nie mehr in die Schule gegangen und hat ihren Eltern so lange nichts erzählt, bis alles zu spät war. Ab und zu ist Alma mit ihr herumgezogen, aber Irmis Freunde sind nicht so ganz ihr Fall. Die meiste Zeit fett. Und sie? Wusste nicht einmal, dass „fett" betrunken bedeutet. Die sind fast gestorben, als sie gesagt hat, „ihr seid doch eh nicht dick". „Was für ein Tschuschen-Landei hast du uns da angeschleppt?", hat einer gegrölt. Aber der war nur sauer, weil sie sich auf nichts einlassen wollte mit ihm. Sie hat sich einen Blick bei Draga abgeschaut, der funktioniert erstaunlich gut. Und klein und zart ist ja auch sie nicht. Dann haben sie sich halb totgelacht, als sie erzählt hat, dass sie in einem Gasthaus arbeiten wird. Obwohl sie es, wie Draga, „Restaurant“ genannt hat. Ob sie blöd sei? Da werde sie doch bloß ausgebeutet. Keiner von denen hat einen richtigen Job. Irmis Lover, für den ist sie bloß eine Geldmelkmaschine. Ihre Eltern sind reich, nicht, dass sie ihr so viel geben, aber sie kriegt doch immer wieder Geschenke, von ihrer Oma und von Verwandten, die kann man verhökern. Auch kein Leben.

Wenn sie aus Wien weggefahren sind, dann normalerweise immer Richtung Süden. Entweder nach Mostar oder in die Steiermark, wo eine Schwester ihrer Mutter wohnt. Aber dieses Mal ist es nach Norden gegangen. Die Brünner Straße hinaus, ins Weinviertel. Dort in den Hügeln ist das Lokal. Mutter hat Alma verboten, ihre Lieblingsjeans anzuziehen, die mit dem Talisman drauf, einem Autogramm von Patrik samt Herz. Fünf Euro hat sie ihm dafür zahlen müssen, aber das weiß Nicole zum Glück nicht. Die war ganz schön eifersüchtig. Urpeinlich, das ist alles, was ihr zum blauen Kostüm einfällt. Sie sind ausgestiegen, es war ein sonniger Tag, das Gasthaus hat gelb und grün geleuchtet, wie frisch angemalt. Richtig schön, wenn auch nicht vornehm. Die Tür war offen, Mutter hat sie hineingeschubst und schon war Draga da. In einem weißen Kittel, in dem sie aussah wie eine ganze Herde Krankenschwestern zu einer zusammengeklebt, hinter sich einen fahrbaren Eimer zum Bodenaufwaschen samt Mob. Solche Geräte kennt Alma zur Genüge aus der Phase, als der Typ, zu dem sie Vater sagen soll, groß ins Reinigungsgeschäft einsteigen wollte. Draga hat „Chef!“ geschrien und Alma ist zusammengezuckt und war kurz darauf beeindruckt: Es gibt jemanden, der Draga nicht aufs Wort pariert.

Der Chef hat ungerührt weitertelefoniert. Es hat gedauert und gedauert, der zu enge Rock hat an ihren Oberschenkeln gescheuert und sie wusste nicht, wie sitzen. Irgendwann, endlich, ist er gekommen, der Chef, er hat sich zu ihnen gesetzt und Mutter hat begonnen, auf ihn einzureden. Alma findet ihr Deutsch zum Fremdschämen, aber sie muss zugeben, dass Mutter es erst als Erwachsene gelernt hat. Zum Glück sind ihre Haare nicht so dunkel wie die ihrer Mutter, wenn man es nicht weiß und ihren Nachnamen nicht hört, dann kommt niemand auf die Idee, dass sie von woanders stammt. Wobei – sie ist ohnehin aus Wien. Schon hier geboren. Das Trara, wer woher ist, geht ihr auf die Nerven. Sie kommt eher nach ihrem Vater, heißt es. Sie kann sich nicht an ihn erinnern, zumindest nicht mehr daran, wie er ausgesehen hat, auch wenn sie sich manchmal vor dem Einschlafen ganz fest darauf konzentriert. Sie sieht nur das Foto vor sich, das noch immer auf dem Wohnzimmerschrank steht und wegen dem es schon Streit gegeben hat. Normalerweise gibt Mutter nach, wenn der Typ, den sie Vater nennen soll, etwas will, aber in dem Fall hat sie gesagt, „das Foto bleibt da", und damit war die Sache erledigt. Jedenfalls: Der Chef hat Alma angesehen und hat die Rede ihrer Mutter unterbrochen und hat gefragt: „Willst du überhaupt kochen und servieren lernen oder hat dir bloß jemand gesagt, dass du das machen sollst?"

Alma ist der Mund offen geblieben. Sie ist ja nicht dumm und ihr war klar, was er hören muss: nämlich, dass sie selbst das will. Aber dass er überhaupt auf die Idee kommt, zu fragen … Irgendwie cool, so, als wäre sie jemand. Sie hat ihn angesehen und gesagt: „Ich habe immer schon gerne gekocht." Das ist wahr. Mutter hat angesetzt, um ihre Vorzüge zu preisen, wie bei einer Kuh, die versteigert werden soll, aber der Chef hat gefragt:

„Willst du gleich dableiben? Wir probieren es einfach eine Woche lang aus." Sie hat die vielen Fältchen um seine Augen gesehen, so als ob er zu wenig geschlafen hätte, irgendwie verdrückt, aber ganz sympathisch.

Alma hat genickt.

Mutter ist gefahren, der Chef verschwunden und Alma ist mitten im Lokal gestanden und hat nicht gewusst, was sie mit sich anfangen soll. Außerdem hat sie in der Früh nichts gegessen und ihr war schlecht vor Hunger. Sie hatte Angst, sich zu bewegen. Sie hat ihn zuerst gar nicht wahrgenommen, den Typ im Kochgewand, so sehr war sie darauf konzentriert, nicht zu laut zu atmen. Er konnte nicht viel älter sein als sie, so achtzehn, sicher keine zwanzig. Kleinkarierte Hose, schwarze Kochbluse, dunkle Haare. Irgendwie sah er Patrik ähnlich.

„Ich soll dir zeigen, wo man sich umzieht", hat er gesagt. Sie hatte nichts, um sich umzuziehen.

„So willst du aber nicht kochen", hat er gesagt und auf Almas beschissenes Kostüm gestarrt. Alma hat wortlos den Kopf geschüttelt.

„Sie hat nichts mit zum Anziehen", er hat es Richtung Küche gebrüllt.

„Sie soll sich etwas nehmen, das passt", kam es zurück.

Dann stand sie in der Küche, zum ersten Mal. In einer Kochhose, die zwischen den Beinen grausig gezwickt hat und außerdem zu kurz für sie war. Und einer zu weiten weißen Kochbluse. Schwarz wäre ihr lieber gewesen. Das macht schlank. Der Chef hat sie gemustert und gesagt: „Na ja." Und zu den anderen: „Das ist Alma, sie wird bei uns eine Woche schnuppern." Er hat auf den Jungen gedeutet, der ihr den Umkleideraum gezeigt hat, dann auf die anderen. „Pepo, im dritten Lehrjahr. Daniel, im ersten Lehrjahr. Thomas, mein Souschef, also quasi mein Stellvertreter. Frau Maier, General an der Abwasch."

Frau Maier hat Alma durch ihre dicken Brillengläser neugierig angestarrt. Thomas ist jünger als ihre Mutter, vielleicht dreißig oder so. Aber soll sie zu ihm wirklich Thomas sagen? Daniel hat rote Haare und ist fast einen Kopf kleiner als sie.

Am Abend wusste sie nur noch, dass ihr die Beine wehtun. Daniel ist eine Nervensäge. Hat die ganze Zeit über so getan, als wäre er Starkoch und Alma gehirnamputiert. Wie bitte sollte sie denn am ersten Tag wissen, wie alles geht? Und dann die blöden Bemerkungen über Frauen. So in der Art, sind nur für eines da, haben keine Ahnung von Technik, und Gequatsche über geile Weiber und solche, die er nie anfassen würde, weil sie einen zu großen Arsch haben. Vom anderen, den Alma eigentlich ganz nett gefunden hat, kam zumindest kein Widerspruch. Mein Hintern ist auch zu dick, dachte Alma. Da hat es richtig gutgetan, als Thomas, den sie sich nicht anzusprechen traute, weil sie nicht wusste, ob sie du oder Sie sagen sollte, den rothaarigen Zwerg zusammengeputzt hat, weil er die Hühner nicht richtig zerteilt hat. Ausgerechnet Hühner. Alma scheint von ihnen verfolgt zu werden. Der Frau vom Chef ist sie auch noch vorgestellt worden. Eine elegante Blondine, die alles managt. Das hatte Alma gleich heraußen: Er ist vielleicht der Star, aber der Boss ist sie. Da würde der Typ, den sie Vater nennen soll, Augen machen: eine Business-Lady, nicht eine, die bloß über Geschäfte quatscht wie er. Zwanzig Euro hat sie Alma fürs Mitarbeiten gegeben. Dabei war das gar nicht abgemacht. Alma hat das Geld ins Geheimfach ihrer Tasche gesteckt, alles braucht Mutter nicht zu wissen.

Die nächsten Tage war Alma zwischen aufgekratzt und todmüde. So viel Neues, da kann man nicht einfach wie in der Schule mal wegdämmern und chillen. Und immer mit der letzten Schnellbahn um elf in der Nacht nach Wien und dann weiter mit der U-Bahn und dann heim und dann schon wieder um sieben auf und den ganzen Weg wieder zurück, das ist zäh. Sie hat sich in den Daumen geschnitten. Beim Durchschneiden der Saushi. Die gibt's. Kein Hörfehler. Soll der Chef selbst erfunden haben, als Antwort auf die japanischen Sushi. Die sie, im Gegensatz zu Irmi, supergut findet. Der Chef ist schon cool. Und kreativ. Pikantes Kraut, fest in eine Scheibe Rohschinken gewickelt. Damit es aussieht wie Sushi, werden die Röllchen in der Mitte durchgeschnitten und aufgestellt. Natürlich gab es eine blöde Bemerkung von Daniel: „Passt doch: Saushi, blutet wie Sau." Pepo hat zu ihr gehalten und ihn gezwungen, die eigene Verletzung herzuzeigen. „Ist gar nichts", hat Daniel gesagt und ihr seinen rechten Mittelfinger entgegengestreckt. Da hat wirklich ein kleines Stück gefehlt und über die Fingerkuppe lief ein roter Zacken. „Schneidemaschine."

Dann will man sie im Service „ausprobieren". Ist sie zu ungeschickt gewesen für die Küche? Soll sie Draga um Rat fragen? Bloß nicht. Noch ein Blinzler in den Spiegel, die weiße Bluse sitzt. Na gut. Sie spannt etwas, aber das Projekt Magersucht ist abgehakt. Hier wird richtig gut gekocht, das ist Alma klar. Allein wie die Rindsuppe duftet. Gar nicht zu reden von der klaren Fischsuppe. Sie durfte den Fond schon in eine der kleinen Sauteusen schöpfen, ein Viertelliter, das reicht für eine Person. Da wird alles frisch gemacht. Aufkochen und dann geschnittenes Gemüse, Jungzwiebel, etwas gehackten Ingwer dazutun. Die Fischwürfel und die Garnelen nur ganz kurz, höchstens eine

Minute, mitkochen. Damit sie zart bleiben. So etwas hat sie noch nie gekostet. Seltsam, aber schon gut. Der Chef will, dass sie alles probieren – und er will, dass sie in der Pause selbst etwas kochen. Kein „grindiges" Personalessen, von dem Pepo erzählt. Das war in einer Großküche in Wien, die kochen täglich tausende Essen für Schulen. Er war auch schon auf Saison in der Schweiz. Das muss man sich vorstellen: So weit, oder noch weiter, kann man mit Kochen kommen.

Jetzt bringt die Chefin Alma eine elegante dunkelbraune Schürze und gibt ihr so viele Ratschläge, dass ihr ganz schummrig im Kopf wird. Sie weiß es schon: Kochen ist ihr lieber. Aber alle Tische sauber wischen, das kriegt sie hin.

Sie wischt mit Elan. Bloß: Den einen Tisch im Eck hat sie vergessen.

„Sie träumt andauernd", hört Alma die Chefin zum Chef sagen. „Außerdem ist ihre Figur … sie hat ein hübsches Gesicht, aber …" Als immer mehr Gäste kommen, wird Alma aufgeregt. Aus ihr wird nie ein Rennpferd. – Oder hat sich das nur auf die Küche bezogen?

„Hinter mir her", kommandiert die Chefin und Alma hetzt ihr nach in die Küche. Heute wirkt auch der Chef nicht so entspannt. „Zwei Mal Lamm aus dem Ofen, das nimmst du", kommandiert er und deutet mit dem Kinn auf sieben Teller, die angerichtet bereitstehen. In der einen Hand hält er eine Stielpfanne, in der anderen einen Schöpfer. Alma trabt zum schrankhohen Backrohr, das nennen sie hier Ofen, einiges hat sie doch schon gelernt. „Wo will sie jetzt wieder hin?", faucht die Chefin und Alma sieht sie entsetzt an.

„Ist doch schon angerichtet", murmelt Thomas und deutet auf die beiden Teller vorne am Pass: große, bunte Gemüseteile in etwas Sauce, darauf ein Stück Fleisch, garniert mit Rosmarin – den kennt sie – und selbst gemachten Kartoffelchips. Wie soll man wissen, von welchem Tier das ist? Sie packt die Teller und lässt sie beinahe wieder fallen, so heiß sind sie. Ihr kommen die Tränen, aber sie rennt hinter der Chefin her und erst als sie der Gast anstarrt, merkt sie, dass sie einen Finger in der Sauce hat.

Alma will zurück in die Küche, aber sie wird nicht gefragt. Die Chefin parkt sie hinter der Schank. Dort kann sie nichts anstellen, Alma sieht, wie die Chefin das denkt. Sie soll Gläser polieren und ansonsten tun, was ihr der alte Kellner mit dem Schnauzbart anschafft. Immer mehr Leute kommen, so gut wie jeder Platz ist besetzt. Alma füllt Wasserkrüge, die trinken Wasser wie Kühe, sie darf Gläser mit naturtrübem Birnensaft und Soda herrichten und ist kurz irritiert, als der Kellner von ihr dann „Apfelsaft gespritzt" will. Wie Birnensaft gespritzt, denkt sie und tut, und der Kellner sagt: „Na geht doch." Und dazwischen poliert und poliert sie. Am Tresen vor der Schank lehnt ein Mann, der nicht mehr ganz nüchtern ist. Die Chefin schenkt ihm schon das zweite Glas Veltliner ein. „Bitte, Herr Doktor", sagt sie. Alma hofft bloß, er ist kein Arzt, zu so jemandem hätte sie kein Vertrauen. Sie füllt kleine Wassergläser, die zum Kaffee kommen, und er labert vor sich hin. Zuerst denkt sie, er redet mit der Chefin, doch die ist gar nicht da. Mit mir spricht er auch nicht, denkt Alma, aber trotzdem irgendwie in ihre Richtung. Irgendwas von seiner Frau, der Schlampe, die ihn verlassen hat, und davon, dass es viel zu viel Gesindel auf der Welt gibt, aber keine Moral. Liebe Güte, da redet der Richtige. Mittag und schon besoffen. Alma sagt nichts. Sie kennt das von dem Typ, den sie Vater nennen soll. Wenn der zu viel hat, ist es auch klüger zu schweigen.

Am Abend fragt Pepo, ob sie mitwill zum Open-Air im Nachbardorf. Sie muss die letzte Schnellbahn kriegen.

„Ich habe ein Auto und fahr dich an die Stadtgrenze zur letzten U-Bahn", verspricht er. Alma weiß nicht, ob sie ihm trauen kann. Mutter könnte sie sagen, sie hätte länger arbeiten müssen. Das ist einer der Vorteile bei so einem Job. Wenn sie bloß nicht so feig wäre. Irmi würde sie auslachen. Aber sie kennt den Pepo doch kaum. Und dem dummen Daniel widerspricht er selten, obwohl der deutlich jünger ist. Er sagt überhaupt eher wenig, was wiederum sympathisch ist.

„Okay", sagt sie und hofft, dass es wirklich okay sein wird.

Es ist dann noch viel besser als okay. Pepo trifft seine Clique, der rote Daniel ist zwar auch dabei, aber den nimmt keiner ernst, das merkt Alma gleich. Die Musik ist spitze und der Abend warm. Um etwas lockerer zu werden, trinkt sie rasch ein Cola-Rot. Auf Alkohol pur steht sie nicht so, aber das sagt sie nicht laut. Was harte Getränke angeht, ist sie jedenfalls vorsichtig. Irmis Freunde haben sie einmal so abgefüllt, dass sie geglaubt hat, sie muss sterben. Damals hat Irmi sie eine fade fette Henne genannt. Ausgerechnet Henne. Der Freund von Pepo lädt Alma auf ein zweites Cola-Rot ein, groß und schlank ist er und mit ganz dunklen Augen und ganz langen Wimpern. Hätt' ich gewusst, dass ich heute ausgehe, ich hätte meine neue tolle Bluse angezogen, denkt Alma. Alles dreht sich, die Luft, die Musik, die vielen Leute, so muss Feierabend sein. Das ist das Leben. Sie tanzen und Alma kommt sich richtig attraktiv vor. Zum Glück hat sie wenigstens Zigaretten eingesteckt. Sieht gut aus, wenn man an einem Baum lehnt und raucht, sie hat es in einem Film gesehen. Viel besser als die blöden E-Zigaretten. Außerdem weiß man dann, wohin mit den Händen, und reden muss man auch nicht. Sie stehen zusammen und es ist, als würde sie dazugehören. Nur Daniel ist wieder einmal auffällig, er faselt etwas von Kiffen. Er will sich bloß aufspielen, bevor er umfällt, denkt Alma. Einer bringt Bier, aber Bier mag Alma gar nicht, erinnert sie zu sehr an den Typ, den sie Vater nennen soll. Verdammt. Mutter. Zeit. Uhr. Konzentrieren. Zu spät. Pepo ist auch zerknirscht. Aber die letzte U-Bahn ist weg und Geld fürs Taxi hat sie nicht.

„Ruf an und sag, es ist zu spät geworden, du darfst im Lokal übernachten", schlägt Pepo vor. „Du kannst bei mir schlafen, kein Problem."

Alma muss nachdenken.. Das geht ihr alles zu schnell. Heim kommt sie nicht mehr. Die Nacht durchmachen, das wäre vielleicht der beste Plan. Dann ist Pepos hübscher Kumpel weg, mit einer aufgetakelten Blondine. Darauf muss Alma noch ein Glas trinken. Das geht, die anderen haben deutlich mehr intus und sie passt auf. Sie passt immer auf.

Es wird schon hell, als sie neben Pepo hertrabt. Sie gehen zu Fuß, auf sein Auto ist Pepo ziemlich heikel, er hat es noch nicht lange. Zu Almas Beruhigung sind sie nicht allein, auch eine Cousine und ihre Freundin und ihr Freund oder so wer sind mit von der Partie. Das Haus ist alt, aber es gibt Sofas. Und Decken. „Danke, nein, sonst nichts", sagt sie. Alma überlegt, wo seine Eltern sind, oder hat er gar keine mehr und wohnt da ganz allein … und dann rüttelt Pepo sie schon an der Schulter und meint, sie müssen auf. Das da oben soll ihr Kopf sein? Nur weil er so wehtut, vermutet Alma, dass er irgendwie zu ihr gehören wird.

„Ich weiß nicht", sagt der Chef ein paar Mal in ihre Richtung. Pepo hat Alma mit Kopfwehtabletten versorgt. Sie wird erst wieder richtig wach, als sie sich in den Finger schneidet. Schon wieder. Wie peinlich. Limetten- und Zitronenscheiben hätte sie vorbereiten sollen. Jetzt ist das Brett blutig. Geschieht ihr recht, denkt sie. Der Schmerz tut fast gut. Vor ein paar Jahren haben Irmi und sie sich geritzt. Da war was los. Irmi musste zu einer Psychologin. Bei Alma war es leider Draga, die sie ins Gebet genommen hat. Im Mittelalter hat man sich Blutegel angesetzt, um das Blut zu säubern, das haben sie im Naturgeschichteunterricht gelernt. Sie hat Draga das erzählt, aber die hat das nicht beeindruckt.

An der Schank lehnt der labernde saufende Doktor. Alma kann seine Fahne riechen und ihr wird wieder übel. Sie ist allein in der Stube, sie kann nicht davonrennen, das nennt man Verantwortung. Heute meckert er nicht nur über seine Frau, die Schlampe, sondern auch über die Jugend. Offenbar wohnt er gleich neben dem Platz, wo gestern das Open-Air war. Von Drogen und keiner Moral und halbnackten blutjungen Mädchen faselt er. Der ist im falschen Film, denkt Alma. Außerdem: Sie haben zwar gestern einiges getrunken, aber zu Mittag ist keiner von ihnen abgefüllt, da arbeiten sie. Oder schwitzen in der Schule.

„Noch ein Glas, Mädchen", sagt er. Alma weiß nicht, welchen Wein er bekommt, sie fragt und setzt ein braves „bitte schön" dazu. Ihr Finger schmerzt. Ihr Kopf pocht. Sie kann seine Fahne riechen und das gibt ihr beinahe den Rest.

„Egal", sagt er. „Du wirst mir schon einen guten geben."

Soll Alma in die Küche und den Chef fragen? Im Service ist noch niemand da. Daniel würde blöd reden. Und sie hat den Eindruck, es ist besser, heute so wenig wie möglich aufzufallen. Also nimmt sie, so wie sie es gesehen hat, ein Glas und schenkt Veltliner ein. Gestern wollte er Veltliner, das hat sie sich gemerkt. Sie geht zu ihm um die Schank herum, stellt das Glas hin. Er tätschelt ihre Wange, zieht ein seltsames Gesicht und sagt: „Wie heißt du, Kleine? Trinkst du ein Glas mit?“ Alma schüttelt den Kopf und bringt sich hinter der Schank in Sicherheit. Kleine. Der ist echt daneben.

„Wann hast du frei?“

Draga. Sie kommt einfach in ihrem beängstigenden Krankenschwesternkittel hinter die Schank, zieht sie wortlos mit, hinter das Lokal, in den Garten. Zuerst denkt Alma, die will sie vor dem Saufkopf retten, aber dann ist es ganz anders.

„Wo warst du in der Nacht?“, pfaucht die Freundin ihrer Mutter. Alma sieht sie so dämlich wie möglich an und versucht, Zeit zu gewinnen. In ihrem Kopf spielen die Gehirnzellen Fangen.

„Da. Ich hab den Zug nicht mehr gekriegt“, sagt sie dann.

„Niemand kann im Lokal übernachten.“

„Ich habe hier draußen auf der Bank geschlafen. Es war eine warme Nacht.“ Hat sie es ihrer Mutter erzählt? Oder hat ihre Mutter ihrer Freundin – sicher, woher wüsste die sonst … außer, die Jungs haben blöd geredet und Draga hat es gehört … wer weiß, was Daniel für Blödsinn erzählt hat … Draga packt Alma am Arm, für Alma fühlt es sich an wie ein mittleres Erdbeben.

„Ich passe auf dich auf, dass das klar ist. Du bleibst …“

Da kommt der Chef und Alma ist froh, dass er kein Serbokroatisch versteht. Draga verzieht den Mund zu einem süßlichen Grinsen, von dem einem auch ohne Restalkohol schlecht werden könnte. Familienangelegenheiten gehen andere nichts an, das hat Draga oft genug betont. Heute ist das ein Glück. Sie rechnet sich zur Familie. Das ist das Pech. Bevor der Chef eine Frage stellen kann, ist Alma wieder hinter die Schank entwischt. Zumindest hat sie Zeit gewonnen. Und der betrunkene Doktor ist auch weg.

Die Pause zwischen Mittags- und Abendgeschäft zieht sich. Pepo hätte sie mit heimgenommen zum Ausschlafen, aber sie weiß nicht … lieber nicht. Sie sitzt auf einer Parkbank in der Nähe und ihr ist langweilig. Der Finger pocht, aber der Druck im Kopf hat nachgelassen. Vielleicht war es das Blut, das sie verloren hat, und Aderlass ist doch nicht so blöd. Medizin würde sie interessieren. Aber Kochen eh auch. In diesem Kaff gibt es nichts. Nicht einmal ein Geschäft. Zwischendurch schläft sie ein und dann nimmt sie ihr Handy und spielt. Blödes Billig-Ding, für die meisten Spiele ist es zu langsam. Sie schläft wieder ein. Und ist richtig froh, als es Zeit ist, wieder ins Gasthaus zu gehen. Sie sollte es „Restaurant" nennen, klingt besser.

Am Abend ist sie wieder in der Küche. Pepo quatscht sie über ein Computerspiel voll, das sie nicht kennt. Sie hat nicht einmal einen eigenen Laptop. Ein Lehrling bekommt Gehalt. Vielleicht kann sie sich bald einen kaufen. Kein übler Gedanke. Die Kartoffeln müssen geschält werden, solange sie noch heiß sind. Alma ist überzeugt, sie verbrennt sich die Finger, aber sie versucht den Schmerz einfach wegzudenken, und kann so Daniel sekkieren. Er schafft es nicht, die heißen Erdäpfel zu halten. „Weichei!", sagt sie.

Sie schicken Alma hinaus, um Getränke für die Küchenmannschaft zu holen. In der Schank kennt sich Alma ja schon aus. In der Ecke des Raumes sitzt ein Liebespaar. Sie mag Liebespaare. Die beiden schauen einander so richtig tief in die Augen, fast wie in einem Film. Kitschig, denkt Alma, aber schon auch schön. Sie versucht, nicht hinzustarren und sich auf ihren Auftrag zu konzentrieren. Apfelsaft gespritzt für den Souschef. Cola gespritzt – natürlich mit Soda – für Pepo. Die haben schön gelacht, als sie beim ersten Mal gefragt hat, womit sie es denn spritzen soll.

Der Doktor. Er bleibt in der Tür stehen. Er wirkt nicht so betrunken wie zu Mittag. Aber da liegt etwas in der Luft wie vor einem Gewitter, denkt Alma. Sie duckt sich hinter die Bierzapfhähne. Ob sie ihm sicherheitshalber gleich ein Glas Wein … Er starrt das Liebespaar an. Die beiden haben ihn noch nicht bemerkt. Der Chef kommt aus der Küche. Wie in einem der Western, die Draga so gerne sieht, bleibt er breitbeinig stehen und schaut von den beiden zum Doktor und wieder zurück. Jetzt merkt auch das Liebespaar, dass da „High Noon" läuft. Sie: aufgerissene Augen. Er: schnappt nach Luft, als ob er unter den Tisch tauchen wollte.

Der Chef, ganz Sheriff, der Richtung Gäste geht, um sie zu beschützen. Der Doktor, der zwei Schritte in den Raum macht und plötzlich eine Pistole in der Hand hat und sie auf das Liebespaar richtet.

„Schlampe!", schreit er. Alma begreift, dass das da seine Frau ist.

Der Chef: jetzt wie festgewachsen. Eine Schweißperle, die ihm langsam über die Fältchen beim Auge über die Wange über die Fältchen beim Mund rinnt. Wie beim Sommerrodelbahnfahren, denkt Alma.

„Beruhige dich", sagt der Chef mit kratziger Stimme. Aber der Doktor will sich nicht beruhigen.

„Kuppler", schreit er, „hin zu den anderen!"

Der Chef geht langsam rückwärts, die Hände halb erhoben, beschwichtigend, oder doch aus Angst und weil es ja immer heißt, „Hände hoch", wenn eine Waffe auftaucht.

„Alle anderen raus", kommandiert der Doktor und Alma sieht im Augenwinkel, halb versteckt hinter der Schank, wie die vier Leute vom Nachbartisch aufstehen und langsam zur Tür gehen. Irgendjemand flüstert „Polizei".

„Keine Polizei", schreit der Doktor. „Sonst seid ihr alle tot und die Schlampe zuerst!"

Was will der eigentlich?, denkt Alma.

„Gib die Waffe her", sagt der Chef. So tief ist seine Stimme.

Alma sieht, wie dem Doktor etwas Speichel aus dem linken Mundwinkel tropft. Sie mag keine Männer, die mit Pistolen herumfuchteln, sie hat keine erlebt, aber von vielen reden gehört, als sie noch ein kleines Kind war. Sie kennt nur den Typ, den sie Vater nennen soll, und seine Kumpel, die sind nicht gefährlich, nur nervig, wenn sie getrunken haben, sie will, dass das aufhört. Alma weiß gar nicht so recht, was sie tut, aber sie schenkt ein Glas Veltliner ein, nimmt es, am Stiel, so wie sie es von der Chefin gelernt hat, geht um die Schank herum.

„Ihr Veltliner, bitte schön", sagt sie zum Doktor und reicht ihm das Glas und nimmt ihm gleichzeitig die Waffe ab, weil beides kann er ja in der rechten Hand nicht halten. Er gibt sie ihr und trinkt.

Erst als Alma das Ding in der Hand hat, wird ihr seltsam, sie will es loswerden, aber der Chef steht da wie angewurzelt, kein Fels in der Brandung, sondern ein Baum in der Stube, also geht sie zurück hinter die Schank und legt die Waffe in die obere Kühllade, in der die Fruchtsäfte stehen.

Die Kühllade geht zu und gleichzeitig geht es los. Geschrei und welche, die den Doktor samt Veltliner festhalten, und die Frau im Eck schluchzt. Alma lehnt an der Schank und denkt, dass sie das nicht tun darf, sich anlehnen, das mag die Chefin nicht, immer soll sie in Bewegung sein. Sie schaut auf die Szene, sie ist in einem Film, das alles hat nichts mit ihr zu tun. Zum Glück. Dann kommt der Chef und sie zuckt zusammen, aber er drückt sie bloß an sich und fragt, ob sie okay sei. Alma nickt. Nur in ihrem Kopf ist es ziemlich leer. Wie viele

Gehirnzellen verliert man, wenn man drei Cola-Rot trinkt? Oder waren es vier?

Lichtjahre später und doch wie im nächsten Moment ist die Polizei da. Wie geht das mit der Zeit? Kann sie in ein Loch fallen? Sie hätte besser aufpassen sollen in der Schule, denkt Alma. So ein Durcheinander bei der Schank und ausgerechnet heute ist die Chefin nicht hier. Weil nur so wenige reserviert hatten. Die da sind alle ohne Reservierung gekommen. Ob sie auch ihnen Veltliner … oder etwas anderes … Der Doktor ist schon abgeführt und der Chef wird befragt, weil verhört werden nur die Verdächtigen, das weiß Alma. Noch mehr Menschen, die hereindrängen. Dass es Reporter sind, kriegt sie erst mit, als das Licht einer Fernsehkamera aufleuchtet. „Wo ist die Heldin?", fragt eine sehr schlanke Frau in tollen schwarzen Hosen. Jemand deutet auf Alma. Das Scheinwerferlicht blendet. Woher sie den Mut genommen habe, das „Geiseldrama" zu beenden. Alma braucht ein paar Sekunden, um zu begreifen, was die Reporterin meint. „Ich habe ihm ein Glas Veltliner gebracht", sagt sie. Mehr bringt sie nicht heraus. Jetzt so gut quatschen zu können wie Irmi, das wäre was. Die Frau redet weiter und Alma schnappt nach Luft, Löcher im Bauch von der Fragerei. Dass sie keine Waffen mag, sagt sie dann. Und dass sie sich gar nicht überlegt hätte, ob sie sich vor diesem Typ fürchte, Typen kenne sie genug. Das hört sich dämlich an. Und völlig falsch. Zum Glück wechselt die Reporterin das Thema. Sie will wissen, was Almas Pläne für die Zukunft sind.

„Ich will ein paar Kilo abnehmen", sagt Alma und möchte es sofort wieder löschen. Breites Grinsen bei allen Umstehenden. Da wird anderes, Wichtigeres von ihr verlangt. Versau es nicht.

„Ich will Köchin werden", sagt Alma dann. Laut und fest. Ist doch was. Sie muss ja nicht gleich die ganze Welt retten.

GEGEN ALLES EIN KRAUT

„Auf hundert Jahre! A kent' annos!" Matteo erhebt das fein geschliffene Glas. Kristall in den sardischen Bergen. Aber seine Gäste sind nur das Beste gewohnt. Er sieht in sorgfältig gepflegte, sorgsam renovierte Gesichter.

Mister Brown, der sicher ganz anders heißt, schätzt er auf über siebzig. Im Alltagstrubel könnte er für fünfzig durchgehen, in seinem Geschäftsumfeld – Matteo tippt auf Silicon Valley – würde man ihm kaum mehr als sechzig geben. Dort kennt man sich aus mit Menschen, die es sich leisten können, nicht nur aus ihrem Business, sondern auch aus sich selbst das Optimum rauszuholen.

Die Granden der Tech-Branche investieren Milliarden in die Idee, länger zu leben. Am besten ewig. Was fehlt, wenn man schon alles hat? Es länger zu haben. Glücklich zu sein? So weit treiben sie es nicht. Fit, wendig, wie jung (wenn schon nicht mehr wirklich jung). Wer alles hat, wird auf seinen Körper zurückgeworfen. Von Eigenblutkonserven über genetische Scheren bis hin zu Eis- und Hitzestollen: Man mutet sich das Äußerste zu, um den Zumutungen des Alterns so gut es geht zu entkommen. Hier haben sie Glück.

Sie haben Mirto in ihren Kristallgläsern. Nur einer hat sich für alkoholfreien Myrtensaft entschieden. Die anderen sind bereit zu glauben, dass Menschen auf Sardinien auch deswegen hundert Jahre oder mehr werden, weil sie diesen besonderen Likör trinken. Cecile hat viel übrig für eleganten Betrug. Was für ein Gesicht! Geformt, fast schon gemeißelt, ein Kunstwerk. Keine Spur von Botoxlippen à la Preisboxer, keine nach oben gezerrten Augen. Nur wer ihren Haaransatz sehen darf, weiß, wo die feinen Nähte laufen. Matteo ist Gentleman, er will gar nicht wissen, wann sie biologisch jung war. Sie ist es jetzt. Und wenn es um Sex geht, so helfen duftende Cremes mit Jasmin und Berganemonen – wen kümmert es, dass sie trotzdem hauptsächlich aus der guten alten Vaseline bestehen? Trotzdem würde Paolo, der Physiotherapeut, wohl doch Sonja vorziehen, der Physiotherapeut wohl doch Sonja vorziehen würde, wenn es um die Übungen zur physikalischen Tiefenentspannung geht. Sie ist ... Matteo lächelt. Die ist tatsächlich noch jung. Zumindest in Relation. Sie möchte Abstand. Sich selbst finden. Weit weg von ihrem üblichen Luxusleben sind sie alle. Durchschnittsmenschen mit Durchschnittssorgen mag das absurd erscheinen. Aber so sind sie auch weg von Beziehungen, Bindungen und anderen persönlichen Fesseln. Das ist eine der Grundbedingungen für die Aufnahme: Man muss allein kommen. Die andere ergibt sich aus dem Tagessatz von fünftausend Euro. Elite. Genauer: Geldelite. Die dritte: Verschwiegenheit. Wird sie gebrochen, ist es ihm auch recht. Jeder kann Publicity brauchen, auch ihre ISULA, hoch oben in den Bergen, inmitten der „Blue Zone", der ersten der berühmten fünf Gegenden der Welt, wo Menschen ganz besonders lange leben.

Als einer der wenigen kennt Matteo die Geschichte ihres Namens. Professore Gianni Pes, von der Universität in Sassari, wollte wissen, ob es in gewissen Dörfern der sardischen Barbagia tatsächlich überdurchschnittlich viele uralte Menschen gibt. Und wie sie leben. Ein amerikanischer Journalist hat davon gehört, gemeinsam sind sie in den achtziger Jahren des vergangenen Jahrhunderts durch diese Dörfer gezogen. Um jedes, in dem sie besonders viele Hundertjährige identifizieren konnten, haben sie auf ihrer Landkarte mit blauem Kugelschreiber einen Kreis gemalt. So simpel sind die inzwischen weltberühmten „Blue

Zones" entstanden. Matteo liebt diese Geschichte. Er liebt das Leben hier, auch wenn vieles anders geplant war. Die ISULA gehört ihm nicht mehr. Er ist Biologe, kein Geschäftsmann. Eine entspannte Insel auf der Insel sollte sein Resort werden, für alle, die mehr über sardische Kräuter lernen, eine Zeit lang leben wollen, wie es die Menschen hier seit vielen Jahrhunderten tun. Nur besser, natürlich. Mit Cremes und Ölen, die er vor Ort extrahiert und verkauft hat. Mit Dusche und WLAN. Wobei: Zweiteres funktioniert selbst jetzt noch nicht immer.

Jacob hat auch daraus eine Art Schmalspur-Philosophie gemacht. Es gehe darum, mit sich selbst und nicht mit den anderen verbunden zu sein. Die Minestrone Sarda als zentrales Gericht, in ihren vielen Varianten, die hat er vom ursprünglichen Konzept übernommen: legendäre Suppe der *cucina povera*, in die reinkommt, was gerade wächst und verfügbar ist. Geheimnis der Hundertjährigen, das keines ist. Bohnen, Kichererbsen, Pasta aus vollwertigem Hartweizen, Kartoffeln und Zwiebeln, saisonales Gemüse, ab und zu ein kleines Stück Fleisch oder Wurst und natürlich Kräuter. Kräuter. Ausgerechnet ein Kraut war es, das seinem Konzept den Rest gegeben hat.

Die ISULA war verschuldet, aber er konnte die Banken immer wieder überzeugen, an ihn zu glauben. Bis es dann passiert ist. Donna war nicht aufmerksam genug. Üblicherweise hat Matteo selbst die Kräuterwanderungen geführt, aber an diesem Tag war er in Cagliari. Bitten, dass er weitermachen darf. Den zuständigen Beamten überreden, dass auch der Tourismusverband sein Resort weiter unterstützt. Es war doch nicht seine Schuld, dass in Sardinien die Saison absurd kurz ist. Im August sind so viele Menschen an den Küsten, dass man glaubt, sie müssten der Insel zu schwer werden, sie werde sinken und untergehen. Ansonsten, vor allem in den Bergen, Ruhe. Mit der wirbt man. Aber die darf es nicht geben. Wo niemand ist, will auch niemand hin. Donna hat nicht darauf geachtet, dass einer der Gäste *fenugu de acqua*, sardisch für *Oenanthe crocata*, die Safranrebendolde, gepflückt hat. Es war der Tag, an dem jeder, jedes Paar, jede Familie – damals galt des Prinzip des strikten Individualismus, der frei gewählten Vereinzelung, noch nicht – ihre eigene Suppe kochen sollte. Am Abend würde, wie jeden Mittwoch, die beste Minestrone Sarda gekürt werden. Ein fröhlicher Wettbewerb, der nicht selten mit viel Vermentino, Vermouth und Mirto begossen wurde. Diesmal freilich war alles anders: Hätte Carl Salis nicht so oft gekostet, wäre er nicht allein gewesen, hätte er kein schwaches Herz gehabt, vielleicht hätte er überlebt. So aber hat ihm die Verwechslung der Safranrebendolde mit der Wilden Karotte den Rest gegeben. Matteo hatte Donna oft genug vor dem Gift dieser wild wachsenden Schierlingsart gewarnt. Gerade weil sie tückischerweise nicht so bitter wie die meisten Schierlingsgewächse, sondern angenehm süßlich schmeckt. Donna wurde wegen fahrlässiger Tötung verurteilt, er wegen Mittäterschaft. Obwohl er nachweislich nicht hier gewesen war. Er hätte die unerfahrenen Gäste, die nicht fachkundigen Mitarbeiterinnen besser informieren müssen, stand im Urteil. Stattdessen hat er lieber von der *Helichrysum italicum*, der Immortelle, geschwärmt: ein Wundermittel für die Haut, entzündungshemmend, beruhigend, beugt sogar Narbenbildung vor. Oder den Wohltaten des Lentisco. Spermidin war gerade als Jungbrunnen-Substanz ins Gespräch gekommen, statt es teuer zu kaufen, konnten sie hier aus dem typischen wildwachsenden Macchia-Strauch Harz gewinnen oder Öl extrahieren. Die Wunder der sardischen Natur …

Und doch: Glück im Unglück. Mehr als zwei Jahre ist es nun her, aber er erinnert sich genau. Er war dabei, die letzten Verträge zu kündigen. Abbanoa, Wasserversorgung. Enel, Energiegesellschaft. Ganz allein war er in seiner ISULA. Greti hatte ihn schon vor dem Urteil verlassen und war in den Schoß der Familie nach Frankfurt zurückgekehrt. Ihr Abenteuer in Sardinien war vorbei, jetzt wollte sie ihr Geld wieder. Sechzigtausend Euro, kein großer Anteil an dem Millionen-Projekt, aber eine unbezahlbare Summe für ihn. Matteo war sauer, dass er selbst die Pistole – um einen lächerlichen Betrag – schon verhökert hatte. Er war gescheitert. Keiner seiner Pläne hatte funktioniert. Die Banken würden das Resort versteigern und holen, was zu kriegen war. Seine Cremes und Öle waren längst ausgegangen oder ranzig geworden. Niemand, der die wirklich guten Rezepturen wollte. Zu kurz haltbar, zu aufwendig in der Herstellung, vor allem aber zu wenig Werbung, um mit den Konzernen und ihren Heilsversprechungen mithalten zu können. Er hatte überlegt, den schmalen Pfad bergauf zu nehmen, vorbei an wildem Thymian und Rosmarin, aus denen er einst der jungen, definitiv zu jungen, Greti einen Kranz geflochten hatte. Wo Richtung Südosten schroffe Felsen hundert Meter senkrecht, kühn, abweisend, ewig aufragten, gab es an der Rückseite einen Anstieg, der für jeden machbar war. Ganz oben, an der Klippe mitten in den Bergen, konnte man bei gutem Wetter in der Ferne das Meer sehen. Noch einmal so ein Blick, und dann: sich einfach fallen lassen, unten landen, zerschmettert zwischen Lentisco, Rosmarin, wildem Wacholder und Immortelle.

Ein Scharren auf dem groben Kies vor dem Hauptgebäude. Kein Motor. Ein Pferd? Luca im Dorf, der hatte Pferde. Luca, der, wie er, von anderswo gekommen und geblieben war. Man raunte von einer Mafia-Geschichte. Und dass er noch immer gute Beziehungen hätte. Luca, der ihm jedes Mal, wenn er in die Bar kam, wortlos auf die Schulter geklopft und das erste

Glas Cannonau aufs Haus eingeschenkt hatte. Wollte jetzt auch er Geld von ihm? Matteo hatte den Kopf gehoben und aus dem Fenster geschaut. Ein Tesla. Das ganz große Modell. Auch Tiefpunkte lassen sich verschieben. So wie er alles, solange es ging, einfach hinausgezögert hatte. Er war durch die verwaiste Halle mit den dicken alten Holzplanken gegangen – jeden Teppich von auch nur ein bisschen Wert hatte er längst verkauft – und da stand er: der reiche Onkel aus Amerika. Im Geiste nennt Matteo ihn immer noch so. Jacob Muller, Unternehmer aus Atlanta. Der ehemalige Geschäftspartner von Carl Salis. Ausgerechnet. Der Nächste, der Ansprüche anmeldet. Der Nächste, der ihm die Schuld gibt, wo er doch nichts wollte, als mit Kräutern und Beeren und den restlichen Mysterien der sardischen Natur zu leben und ein wenig Geschäft zu machen. Glücklich zu sein, dort, wo er sich zugehörig fühlt. Gefühlt hat.

Gehen Sie, hat er gesagt. Ich habe nichts mehr!

Jacob Muller hatte gelächelt. Klar habe er etwas: dieses wunderschöne Land, die großartige Idee, das fantastische Resort. Carl habe davon geschwärmt, solange er es noch konnte. Und, wenn er ehrlich sei, so war sein Ableben vorhersehbar gewesen, Kraut hin oder her. Das Herz … tragisch. Carl ist zurückgekehrt in sein Sardinien, er habe sogar gelächelt im Tod. Zu Lebzeiten habe er ihn nie so lächeln gesehen. Jedenfalls sei er, Jacob Muller, nicht gekommen, um ihm Vorwürfe, sondern um ihm ein Angebot zu machen.

Er hätte es wirklich schlechter treffen können, denkt Matteo. Er sieht in die Runde, steht auf, geht Richtung *salotto* – dem großen Gemeinschaftsraum, den er früher *area comune* genannt hat. Auch etwas, das Jacob umgestellt hat. Weil er sich auskennt mit den Befindlichkeiten ihrer besonderen Gäste. Wie sollte ein schlichter Biologe auf die Idee kommen, dass *area comune* den einen oder die andere zu sehr und unangenehm an Kommunismus denken ließ? Matteo kann nun das tun, wovon er etwas versteht: Er erklärt die Wunder der Biologie. Er ist so etwas wie der Guru der sardischen Berge. Und wenn die Cremes und Tinkturen jetzt das Zehnfache kosten: Was juckt ihn das? Sie werden schließlich in Georgia, USA, produziert. Der Sicherheit und der Vorschriften wegen. Georgia, das klingt doch, als könnte es ein kleines Dorf in den sardischen Bergen sein. Auch wenn es niemand behauptet hat. Den meisten hier ist es ohnehin egal. Hauptsache, sie können an die Wirkung der Extrakte glauben, an das Versprechen dahinter: hundert Jahre und noch mehr zu werden.

Die Minestrone Sarda steht auch heute auf dem Herd. Seltsame Wege, die das Leben nimmt. Einer stirbt am Kraut, das seit Jahrtausenden mit der Insel verbunden wird. Von den größten Dichtern des Altertums und der Antike besungen. Sein Erbe übernimmt die ISULA, führt sie weiter. Matteos Konzept, damals, vor dem „Unfall", wie er das nennt, war zu naiv. Menschen, die alles haben, wollen Minestrone und Spaziergänge. Aber sie wollen auch Kaviar und einen Helikopter in Rufnähe. Jacob versteht das. Er hat sogar eine neue Kategorie an Gästen eingeführt: solche mit besonderer Sonderbehandlung: in Extra-Lodges, mit Butler-Service, unbehelligt, da, und schon wieder weg. Ohne Aufsehen. Jack und Joe betreuen sie rund um die Uhr. Ausgebildete Piloten, Schiffsführer, Personenschützer, perfekte Diener ihrer Herren und Damen. Sie sehen aus wie Elitesoldaten und waren es vielleicht auch. Sie erzählen nicht viel, halten sich abseits. Matteo hat kein Problem damit. Auch wenn er sich sicher ist, dass diese besonderen Gäste noch mehr als die doppelte offizielle Tagesrate bezahlen. Da gibt es zusätzlich so etwas wie eine Aufnahmegebühr und jedenfalls eine Endreinigung – eine *pulizia finale*. Sie verwenden den italienischen Ausdruck, nicht *final cleaning*, das hat ihm Lorena, eine der Frauen aus dem Dorf, die sauber machen, vor kurzem erzählt. Leider hat sie den Betrag nicht sehen können, sondern bloß die Anweisung. Auf einem der Tablets, das wohl versehentlich offen geblieben ist. Oder weil es keinen kümmert. Ob er davon wisse? Sie solle sich da nichts Falsches zusammenreimen, hat er gesagt und wenn es ihr um ein Extra-Trinkgeld gehe, dann werde sie es bekommen.

Lorena ist es auch, die heute in der Minestrone rührt. Sie habe wunderschönen Fenchel bekommen, sagt sie. Und Artischockenherzen, er wolle doch Artischockenherzen, oder? Matteo nickt. Artischocken wirken durch ihre Bitterstoffe hervorragend zur Verdauungsförderung und der Darm, der sei nun mal so etwas wie das Kraftwerk der Zellen, doziert er.

„Echt?", sagt Lorena und grinst ihn an.

Er zwinkert ihr zu. Lorena, die könnte ihn seine Scheu vor einer neuen Beziehung vergessen machen. Sie ist noch nicht lange hier, stand plötzlich da und hat nach Arbeit gefragt: egal was. Noch so ein Wunder. Und kochen kann sie auch.

„Wenn du das meiner *nonna* sagst, dann lacht sie."

„Wie alt ist deine *nonna*?"

„Achtundneunzig, aber sie sieht kaum mehr was."

„Hast du noch andere Verwandte im Dorf?"

„Ihre Schwester Donatella ist hunderteins. Sie ist fit. Allerdings schon ein bisschen seltsam im Kopf. Sie mag die Amerikaner nicht. Sie haben Cagliari bombardiert."

„Das ist über achtzig Jahre her."

„Sie ist nachtragend."

Matteo lächelt. „Darf ich?“ Er kostet die Suppe. Hier in den Bergen ist es ein sättigendes Hauptgericht, vor allem, wenn man am Ende auch noch Fregola, diese kleinen Teigkügelchen, einkocht.

„Ich würde ja ein wenig Peperoncino dazutun“, meint Lorena.

„Sie ist köstlich! Wo hast du so kochen gelernt?“

Eine wegwerfende Handbewegung. „Minestrone Sarda? Das können hier alle. Schade, dass der Boss keinen Peperoncino mag. Aber ich sollte nichts sagen. Er ist dein Freund, oder? Ihr kennt euch schon ewig, heißt es.“

Matteo lächelt. „Gar nicht so lange. Du magst es wohl pikant?“

„Früher hat die ISULA dir gehört.“

Lorena scheint sich für ihn zu interessieren. Sie ist um die vierzig, apart, ganz ohne gewalttätigen Renovierungsaufwand. Er könnte in den Personalakten nachsehen. Aber wahrscheinlich geht es ihr doch bloß um Klatsch. „Ich bin kein Geschäftsmann. Und dann ist ein Unglück passiert und …“

„Ein Gast ist gestorben. Carl Salis. Er soll … etwas gesucht haben.“

Matteo schüttelt den Kopf. „Keine Ahnung, wohl seine Ruhe. Die suchen doch alle hier. Das ist Vergangenheit. Je weiter zurück, desto üppiger blühen die Gerüchte. Ich war nicht da. Eine schlimme Sache.“

„Und der Boss?“

„Der ist erst später gekommen.“

„Er ist der Erbe von Carl Salis, oder? Was für ein Zufall!“

Matteo runzelt die Stirn. „Du fragst sehr viel.“

„Man … redet im Dorf, ich will nicht, dass sie Unsinn erzählen. Man sagt sogar, ihr forscht an Elixieren zum ewigen Leben. Und dass nur die Superreichen sie kriegen werden. Ich bin gerne hier, weißt du? Nur noch eine Frage: Joe und Jack: Die heißen nicht wirklich so, oder? Sie sind seltsam."

„Sie sind private Butler. Ich gebe zu, dass das seltsam ist. Aber um die speziellen Gäste und ihr Wohlbefinden kümmert sich Jacob. Er kennt sich da besser aus als ich."

„Hm", macht Lorena. „In der Nacht haben sie jemanden weggeschafft. Und das soll nicht zum ersten Mal passiert sein."

„Es gibt immer wieder Gäste, die in der Nacht aufbrechen müssen. Das sind ganz wichtige Menschen."

Lorena runzelt die Stirn. „Wenn sie so wichtig sind: Warum haben sie dann nicht einmal Zeit zu schlafen? Rede nicht mit mir wie mit einer dummen Frau aus der Stadt. Die Leute im Dorf … sie erzählen auch von Toten mit lächelnden Gesichtern."

Matteo überlegt, ob er eine flüchtige Berührung riskieren soll. Zur Beschwichtigung. Und weil es so schön wäre, jemanden zu berühren. Sie zu berühren. Gerüchte. Kein Grund, alarmiert zu sein, Gerüchte gibt es immer. Es heißt auch, dass Lorena was mit Paolo hat. Dem angestellten Gigolo. Doppelter Unsinn. Er hat ein Diplom als Physiotherapeut. Das andere: böser Tratsch. Außerdem: Man muss nicht alles wissen.

„Du bist aus Mailand, oder?", fragt Lorena.

Sie interessiert sich doch für ihn. Basta. Mach es nicht komplizierter, als es ist.

„Du musst es nicht sagen", fährt sie fort. „Ich weiß, alle wissen, was damals passiert ist. Und dass du nichts dafürkannst."

„Sardinien war immer mein Traum", sagt Matteo. „Mein Urgroßvater stammt aus Nuoro. Er war ein Freund von Grazia Deledda, der Schriftstellerin, die den Literaturnobelpreis …"

Lorena runzelt die Stirn. Was für eine Erholung nach all den glatten Gesichtern. „Was ist? Warum siehst du mich so an?"

„Ich mag deine Falten."

„Bist du verrückt? Das sagt man nicht zu einer Frau! Und übrigens: Natürlich weiß ich, wer Grazia Deledda war! Nur: Wer ist Joe? Wer ist Jack? Die reden nicht mit mir."

„Die können kaum Italienisch. Und du nicht Englisch."

„Daran liegt das nicht! Die sind in der Nacht mit dem Jeep weg, weil die Helis nicht fliegen dürfen, zum Fischerboot, das eigentlich eine Hochseejacht ist."

Matteo lacht. „Das ist auch so eine Übertreibung, sag das deinen Freundinnen. Das Boot hat Radar und einen guten Motor, beides braucht man, wenn man auf dem offenen Meer fischen will. Man muss für die Sicherheit der Gäste sorgen, sonst heißt es wieder …"

„Was heißt es?"

„Dass man nicht genug getan hat, um sie zu warnen, um sie vor uns bekannten Gefahren zu schützen."

Lorena sieht ihn an. Dunkle Augen, es gelingt ihm nicht, in ihnen zu lesen. „So wie … damals? Beim … Unglück? Wie war das mit dem *fenugu de acqua*, der Teufelspetersilie?"

„Mach weiter. Gleich kommen die Gäste."

„Die kosten ohnehin nur. Und dann gehen sie zu Bertrand. Von dem weiß ich wenigstens, dass er früher in dem Michelin-Lokal im Falkenstein-Resort gearbeitet hat. Eine Cousine, die …"

„Mir schmeckt deine Minestrone besser."

„Du solltest mein Purpuzza kosten."

„Ich liebe Purpuzza." Das Gespräch, es entwickelt sich in die richtige Richtung. Sie könnte ihn einladen, und …

„Du weißt es. Das mit dem Lächeln und der Teufelspetersilie, oder?"

„Ich bin Botaniker. *Fenugu de acqua* ist *Herba Sardonia*. Die Pflanze, die schon bei Homer in der ‚Odyssee' vorkommt. Ein giftiges Kraut, das auf Sardinien wächst. Im Tod verzieht sich das Gesicht zu einem Grinsen, dem sogenannten sardonischen Lächeln. Virgil bezeichnet die *Oenanthe crocata* als *Herba sardoa*. Das Gerücht mit den lächelnden Toten ist uralt. Auch Jacob Muller erzählt gerne immer wieder davon: Carl Salis, er soll im Tod gelächelt haben. Ich habe ihn damals nicht gesehen. Es waren wohl eher verzerrte Gesichtszüge. So wie beim Joker – kennst du den Film?"

Lorena nickt. „Der Joker ist alles andere als glücklich."

„Der Tod durch die Safranrebendolde bewirkt Muskelkrämpfe. Das kann im Gesicht so etwas wie ein Lächeln bewirken. Aber es ist keines."

„Stimmt es, dass die Sarden vor tausenden von Jahren ihre Alten mit der Teufelspetersilie betäubt und sie dann über die Klippen ins Meer gestürzt haben?"

Matteo sieht Lorena erstaunt an. „Woher hast du das? Wird auch darüber geredet?"

„Die Geschichte … gab es immer schon. Den Alten, die zu nichts mehr zu gebrauchen waren, hat man Teufelspetersilie gegeben. Die Schwachen sind gleich gestorben, die Stärkeren hat man hinaufgetragen und hinuntergestürzt. Man hat behauptet, sie sind glücklich darüber. Sie lächeln. Es gibt Felsen, die gehen senkrecht nach unten, so wie der oberhalb vom Dorf, aber auf der Rückseite kann man ohne Probleme hinauf."

Matteo holt Luft. „So oder so ähnlich könnte es gewesen sein. Damals. Es gibt Studien darüber. Man weiß es trotzdem nicht genau. Kann sein, es waren auch Verbrecher, die auf diese Art hingerichtet wurden. Besser, man redet nicht zu viel davon."

„Schlecht fürs Image?"

„Was hast du gemacht, bevor du zu uns gekommen bist?"

Lorena schüttelt den Kopf, wirkt mit einem Mal traurig. „Ich bin froh, dass ich da bin. Vielleicht erzähle ich dir einmal davon." Wenn ich dir vertrauen kann. Sie sagt es nicht. Aber er bildet sich ein, es gehört zu haben.

Was ist schlecht daran, wieder mal ins Dorf zu fahren? Er wird ein Viertel Cannonau trinken, Luca wird ihm auf die Schulter klopfen und nicht viel sagen. Vielleicht ist sie in seiner Bar. Die Zeiten, als an den Abenden bloß Männer unterwegs waren, sind lange vorbei. Auch in den sardischen Bergen. Matteo spürt eine diffuse Unruhe. Er hat etwas übersehen. Er sollte etwas tun. Er muss etwas tun. – Oder ist es genau das Gegenteil? Er sollte nicht denken und sich ruhig verhalten, der Welt ihren Lauf lassen. Das ist es, was man von den Sarden lernen kann. Was ihm so gefallen hat, dass er hierbleiben wollte, dass er weg ist aus Mailand. Für verrückt haben sie ihn gehalten, als er die Beteiligung an der überraschend boomenden Fitness-App verkauft hat. Er war ja auch verrückt. Von Aminosäuren, Spurenelementen und ihren Wechselwirkungen hat er etwas verstanden. Vom Hotelbusiness nicht. Will er den Fehler ein zweites Mal machen? Wegsehen, bis es zu spät ist? Lorena fragt nach den Butlern für die ganz besonderen Gäste. Die hier sind und plötzlich weg. Zeit, dass auch er Fragen stellt.

„Lorena wie?", fragt Luca zurück.

Matteo hebt die Hände. Er weiß es nicht. Er hätte Jacob darum bitten können, in die Dienstverträge sehen zu dürfen. Zehnprozentige Beteiligung hin oder her, er hat nicht viel Einblick und wollte bislang auch keinen. Man sollte wissen, was man kann. Matteo beschreibt sie und Lucas Blick kann er deuten: amüsiert. „Du willst sie!", sagt er.

So einfach sind die Dinge in den Bergen.

„Ja", antwortet Matteo und grinst. „Sie soll eine Großmutter haben, die nicht mehr viel sieht, und eine Großtante – die Schwester dieser Großmutter –, die hunderteins und fit ist. Aber die Amerikaner nicht mag. Weil sie Cagliari bombardiert haben." Nach diesem Cannonau gelingt die Zusammenfassung klarer als alles, was er in den letzten Stunden gedacht hat.

„Gibt es nicht", antwortet Luca.

„Klar gibt es Lorena. Sie arbeitet bei uns."

„Aber keine Lorena mit uralter Großmutter und weiterer alter Verwandter. So viele Hundertjährige findet man auch bei uns nicht, das solltest du wissen. Lorena: die hat vor rund einem Monat das Steinhaus neben Franco Perra gemietet. Schlank, größer als die meisten Frauen hier, circa vierzig. Ziemlich kurze Haare. Den Mund ein wenig wie die Loren."

„Ich habe mich wohl verhört", murmelt Matteo. „Wahrscheinlich hat sie von ihrem früheren Dorf gesprochen."

„Die ist nicht von da. Kann auch bloß einem aus dem Norden nicht auffallen."

„Auch du bist nicht von da."

„Jetzt schon."

„Sie ist Sardin."

„Ja, aber eben nicht von da."

„Was weißt du noch von ihr?"

„Sie hat nach *fenugu de acqua* gefragt. Berto hat natürlich mit der alten Geschichte angefangen. Davon, was in der ISULA passiert ist. Und dass man lange vor unserer Zeitrechnung die Alten mit diesem Kraut entsorgt hat. Es gibt welche, die sagen, es fehlt viel von dem Zeug. Sie haben es wachsen sehen und dann war es weg." Ungefragt schenkt er nach.

Matteo nimmt einen Schluck. Wenn er behalten will, was ihm wichtig ist, wenn er schützen möchte, was ihm lieb werden könnte, dann ist jetzt Zeit zu handeln. Allein ist er nichts. Das muss man hier in den sardischen Bergen nicht lernen, das ist Naturgesetz, DNA der Insel.

Eine halbe Stunde später klopft ihm Luca wieder auf die Schulter. „*Arrìu chi cùrrit no pudèscit mai.*" Sardisches Sprichwort, Sie haben es auf der Insel mit Sprichwörtern. Er muss es ihm übersetzen: Ein Fluss in Bewegung ist nicht trüb. Wie bitte? Luca lächelt. Es geht um Aufrichtigkeit, darum, das Richtige zu tun. Er ist froh, dass Matteo geredet hat. Dass er gekommen ist. Im richtigen Moment.

Matteo nickt. Es gehe auch darum, das Dorf und seinen Ruf zu schützen.

Luca sieht ihn ein wenig spöttisch an. „Wir leben im einundzwanzigsten Jahrhundert, auch wenn es sich nicht immer so anfühlt. Die ISULA ist das Unternehmen mit den meisten Arbeitsplätzen."

Wenigstens das Letzte hat Matteo verstanden.

Lorena sitzt am Tisch mit der zerkratzten dicken Holzplatte. Nur zwei Räume hat das Haus aus Stein, ganz am Ende des Dorfes. Groß genug für sie. Zumal der Vermieter sogar eine Dusche und fließend Wasser eingebaut hat. Glaubt Matteo wirklich, ihr gehe es um Klatsch mit Freundinnen? Wäre schön, welche zu haben. Hier, an diesem Ort. Er ist ihr sympathisch. Eigentlich. Wenn das Wort „eigentlich" nicht wäre. Eigentlich – da ist es wieder – sind es die Füllwörter, die ohne besondere Bedeutung oder gar Bewegung, die am wichtigsten sind. Sie beschreiben das Dahinter. Lorena hat versucht, es ihren Studentinnen näherzubringen. Dass er ausgerechnet von Grazia Deledda angefangen hat. Über die Bedeutung der Literaturnobelpreisträgerin für die zeitgenössischen Schriftstellerinnen Sardiniens hat sie ihre Dissertation geschrieben. Romantisch und subversiv sei Grazia Deledda gewesen, hat die bekannteste von ihnen, Michela Murgia, wiederholt gesagt. Allein das: wie poetisch.

Romantisch und subversiv, so möchte auch sie leben, hat Lorena damals zu Tonio gesagt. Ein paar Tage später ist er mit dem Motorrad tödlich verunglückt. Die sardischen Küstenstraßen. Und jetzt? Sitzt sie in einem winzigen Steinhaus. Ist Putzfrau und so etwas wie Ethno-Köchin in einem Longevity-Luxusresort. Bildet sich ein, Carl Salis, ihrem Vater, den sie nie gekannt hat, der weg ist, als sie erst fünf war, Gerechtigkeit widerfahren lassen zu müssen.

Sie erschrickt nicht, als es an der Tür klopft.

In der Nacht sind Jack und Joe grau, als ob sie Katzen wären. Das Ding in ihrer Mitte ist schwerer als gedacht, trotzdem: Der Sack darf nicht geöffnet werden. Nicht vor dem Finale. Sie sind bloß Diener, sie haben nichts zu entscheiden. Sie schleppen ihre Bürde an den Felsabhang. Darunter nichts. Ganz weit weg das Meer.

Er wartet schon. Der Mond ist wie Alltag: selten voll. Wolkenfetzen ziehen, man muss sich konzentrieren, um nicht das Oben und das Unten zu verlieren: Wellen und Wolken, Himmel und Erde. Bald sind alle eins. Zumindest für die da im Sack. Denkt Joe. In der Highschool hat er Gedichte geschrieben.

Der Boss gibt ihnen ein Zeichen. Üblicherweise ist er nicht dabei, beim finalen Akt. Aber die anderen mussten sie auch nicht fangen, die sind mehr drüben als herüben, und dass sie lächeln, hilft. Die beiden schnüren den Sack auf. Lorena, oder wie immer sie in Wirklichkeit heißen mag, kriecht heraus.

„Du hast etwas, das mir gehört", sagt der Boss.

Lorena hockt am Boden. Niemand berührt sie. Aber sie weiß: Entkommen ist unmöglich.

„Wo ist das Tablet?"

„Du hast meinen Vater ermordet. Er ist gekommen, um nach mir zu suchen, um mich zu finden. Du wolltest nicht riskieren, dass das passiert! Euer Unternehmen: Wenn er nicht mehr ist, dann geht alles an dich, so war es ausgemacht. So sollte das bleiben."

Er lacht.

„Was ist daran witzig?" Lorena wird wütend und immer, wenn sie wütend wird, kann sie nicht klar denken. Vielleich ist das gut so. Jetzt, wo sie nichts mehr zu verlieren hat.

„Weil es gerade dein Vater war, der mich inspiriert hat. Im Tod viel mehr als im Leben. Das sardische Kraut, es war ein Unfall, ich hatte damit nichts zu tun: Kapierst du? Das ist die Ironie an der Geschichte. Carl hat das falsche Kraut gepflückt und in seine Minestrone getan und war tot. Bevor er dich finden konnte."

Lorena hustet. Sie hat Fasern im Mund, der Sack, in den Joe und Jack sie gesteckt haben. Sie hätte Matteo nicht nach ihnen fragen dürfen. Ihn nicht provozieren dürfen, um herauszufinden, wie viel er weiß. Wie konnte sie nur so blöd sein? Ihr Vater, an den sie sich gar nicht erinnern kann, der nach Amerika gegangen ist, wie so viele Sarden vor ihm. Der, anders als die meisten, ein Vermögen gemacht hat. Gemeinsam mit diesem Jacob Muller. Und der zurückkam, um sie zu suchen. Sie haben einander verpasst. Carl Salis war bereits tot, als sie von seinen Nachforschungen erfahren hat. Warum dauert auf dieser Insel alles so lange? Warum hat sie nie von sich aus nach ihm gesucht? Weil ihr Familiensinn, ganz im Gegensatz zu dem, was man den Sardinnen nachsagt, nicht besonders stark ist? Sie hätte es dabei belassen sollen. Stattdessen: *Morte'e chent'annos non si ismèntiga mai*. Ein Sprichwort, ein Racheschwur: Ein Mord wird hundert Jahre nicht vergessen. Je mehr sie wusste, desto sicherer war sie sich: Jacob Muller hat seinen Geschäftspartner vergiftet, vergiften lassen. – Und jetzt sagt der, es war kein Mord?

„Schade um dich", fährt Jacob fort.

„Was willst du? Mich vergiften?"

„Nach dir wird keiner suchen. Ich muss niemanden damit beruhigen, dass du im Tod gelächelt hast."

Lorena faucht. „Die Sonderfälle, die für deine dressierten Halbaffen! Ich weiß davon!"

Jack grunzt. Oder war es Joe? Die beiden stehen so nahe, dass Lorena sie spüren kann. Aber sie berühren sie nicht. Noch nicht. „Du hast sie auf Auftrag zum ... Lächeln gebracht."

„Ein hübscher Ausdruck. Werde ich mir merken. Besser, du wärst bei der italienischen Literatur geblieben. Carl, dein Vater, hat mich inspiriert. Er war krank, ich war sauer, als er plötzlich das Gefühl hatte, seine Tochter finden zu müssen, sein altes Sardinien. Er war mir so viel schuldig, plötzlich war das nichts mehr wert."

„Ihr habt ihn ermordet!"

„Hörst du nicht zu? Er war herzkrank, er war allein, er hat das falsche Kraut gegessen. Das pure Glück. Und dann die Eingebung. Vater oder Geschäftspartner, Erpresser oder Betrügerin: Es gibt Menschen, die sind im Weg. Man kann denen, die sie loswerden müssen, ein Angebot machen. Ein gutes, ein menschenfreundliches, ja. Ein paar Gerüchte, ein paar Kontakte und ein gutes Beispiel: Carl Salis, der undankbare Geschäftspartner, der, kaum war er krank, nur mehr an seine unbekannte Tochter gedacht hat. Lächelnd ist er gestorben in den sardischen Bergen. Lächelnd dürfen auch die anderen gehen. Sie kommen sogar freiwillig, ironischerweise getrieben von der Sehnsucht, lange, länger, am längsten zu leben. Für einen angemessenen Betrag wird alles in die Wege geleitet – wo geht es besser als auf dieser Insel? Ein Boot in der Nacht, ein Flug irgendwohin, Menschen, die zu wichtig sind, um sie zu behelligen, um Fragen zu stellen, eine kleine Summe hier, Verständnis dort. Und die Auftraggeber bekommen einen Beweis: das Foto. Der teure Angehörige, die zur Last gewordene Liebe, selbst Peiniger, denen man sonst nie Herr geworden wäre: Sie lächeln im Tod. Vielleicht ein bisschen wie Joker, aber das Leben ist schließlich nicht immer ein Zuckerschlecken, oder? Was folgt, ist die Rechnung für die *pulizia finale*, die Endreinigung."

„Wie … hast du ihn dazu gebracht?"

„Bist du blöd? Dein Vater wusste von nichts!"

Lorena schluckt. „Matteo!"

Er lacht.

Matteo spannt alle Muskeln an, er richtet sich langsam, ganz leise, auf. Luca. Diesmal ist sein Griff auf die Schulter kein leichtes, freundliches Tätscheln. Er ist fest. Bestimmend. Männer in den sardischen Bergen. So viele Geschichten um Ehre und Rache. Der Typ neben ihnen, der mit dem runden Gesicht, der bisher so harmlos gewirkt hat, nickt. Er sieht auf einen kleinen Bildschirm. Er tippt. Hebt den Daumen. Sieben, mit Matteo sind sie acht. Betteln hat er müssen, dass er mitdarf. Verstärkung soll kommen. Wenn er alles richtig verstanden hat. Luca. Organisiertes Verbrechen, Mafia, von diesen Gerüchten hat selbst er gehört. Wie sollte er ahnen, dass es genau andersrum war. Dass Luca auf der anderen Seite gestanden ist und irgendwann zu nah am Feuer. Dass er abtauchen musste, dorthin, wo wenig Fragen gestellt werden, wo ihn hoffentlich keiner findet.

Matteo hockt mit den anderen unter den dichten Büschen, Lentisco ist für vieles gut, auch als Deckung. „Der Biologe?", hört er Jacob Muller sagen. „Gefällt dir der Dummkopf? Der weiß doch von nichts! Der fragt nicht, der will bloß seine Ruhe! Du könntest es besser haben, überleg es dir."

Lorena hustet. „Ich … überleg es mir", sagt sie.

Er lacht. Ein Joker-Lachen.

Sie können, sie dürfen nicht mehr länger warten. Hinunter die Felsen mit ihnen, das halbe Dorf steht hinter ihm! Doch Luca drückt Matteo erneut nieder.

„Das ist keine Zeit für Helden", flüstert er.

Joe scheint es, als wäre da ein Wispern gewesen. Er dreht den Kopf. Späht ins Gebüsch. Nichts. Hier, in diesem archaischen Land, flüstern in der Nacht die Sträucher.

Wolkenfetzen und der Mond, der für ein paar Momente alles beleuchtet: Lorena zwischen ihm und Jack, dem anderen Diener mit besonderem Auftrag. Jacob Muller, an einen Felsvorsprung gelehnt. Schroffer Stein und dann nichts, Luft, so viel Luft, ein Meer aus Nichts, einmal tauchen, final.

Jack fasst Lorena am Oberarm, zieht sie hoch. Sie wehrt sich. Halbherzig, als hätte sie begriffen, dass sie nichts ist als ein Teil der viele tausende Jahre alten sardischen Geschichte, eigentlich nicht einmal eine Fußnote. Eigentlich, denkt sie. Eigentlich hätte einiges gut werden können. Hätte sie Matteo vertraut. Ihm mehr erzählt.

Das Licht. So unvermittelt, dass Matteo nicht weiß, wer zuerst aufgeschrien hat. Apokalypse. Scheinwerfer am Boden, Scheinwerfer in der Luft. Drohnen können auch in der Nacht fliegen. Befehle, die geschrien werden, Schüsse, die fallen, Vermummte und Luca, der ihn zu Boden drückt.

„Nein!", schreit Matteo und reißt sich los. Er muss zu Lorena. Es sind nur zwanzig, dreißig Meter.

Und er: wieder einmal zu spät.

Lorena. In den Armen eines Vermummten.

Er sieht, wie sie langsam das Gesicht dreht.

Er sieht Joe und Jack am Boden. Fixiert.

Er sieht Jacob Muller, knapp vor dem Abgrund. Auf dem äußersten Felsvorsprung. Luca, der ihn gemeinsam mit zwei anderen zurückreißt.

Und dann doch Lorena. Die sich vom Typ der Sondereinheit losmacht und auf ihn zukommt. Matteo ist froh, dass sie nicht lächelt.

SIE HABEN DAS SCHON GEGESSEN

Svetlana

Sie haben das alles schon gegessen. Ich sehe es an ihren Blicken, wenn ich rausgehe, um die Toiletten zu kontrollieren. Früher hat es mich überrascht, wie unverschämt die Reichen am Klo herumsauen. Inzwischen wundert mich das nicht mehr. Sie haben alles. Sie haben alles satt. Sieht man auch an den Tellern. Es geht nicht mehr ums Essen, es geht ums Erlebnis. Der Gastronomiekritiker, der aussieht, als wäre sein Gesicht mit einem Parmesanhobel kollidiert, hat es geschrieben. Natürlich soll man sich über niemanden mit Hautproblemen lustig machen. Meine Tante hat Neurodermitis. Sie sagt, das ist psychisch und es kommt von Trump. Warum, ist eine lange und erstaunlich persönliche Geschichte. Der Typ hat wirklich arge Auswirkungen. Man sollte eine verpflichtende Warnung vor Präsidentschaftskandidaten einführen, die sich MAGA auf die Mütze schreiben, in fetten Villen wohnen und von Wahrheit faseln.

Ich putze die Reste von den Tellern in den Kübel. Eine Kombination von Froschschenkeln und Wachtelkeulchen. Das ist momentan der zweite der drei Hauptgänge im Gourmetmenü. Winzige Haxen, exakt gelegt. Scheint nicht allen geschmeckt zu haben. Von den Froschschenkeln sind die meisten zurückgekommen. War es die knallgrüne Glace, mit der er sie überzogen hat? Karibischer Thyme, eingedickt mit einer Substanz in Pulverform, die aussieht wie Putznatron. Mir sind die scharfen Cevapcici meiner Cousine Vesna lieber. Aber die hat bloß ein Reinigungsunternehmen. Mein Chef ist ein Starkoch. Vor kurzem hat trotzdem jemand über ihn geschrieben, dass er noch nie etwas kreiert hat, das wirklich neu ist. Seine eigentliche Kunst sei die Erzeugung bewegter heißer Luft. Er ist ausgezuckt. Seither nennt ihn die Belegschaft Hurricane. Er hat es gehört und es gefällt ihm. Der Patissier sieht sich trotzdem schon um einen neuen Job um. Wenn nicht jeder Platz besetzt ist, muss das „Felice" zusperren. Bei den Kosten.

Dr. Karl Simatschek

Mein Kollege gilt als sehr seriös. Man könnte sogar sagen, er geht in den Keller lachen. Im Seziersaal lacht er jedenfalls nicht. Da lachen allerdings die wenigsten, das Leben ist doch anders als eine Fernsehserie. Natürlich sind wir Gerichtsmediziner überarbeitet. Es ist einfach, an den Toten zu sparen. Und das generelle Interesse an wissenschaftlicher Erkenntnis scheint rapide abzunehmen. Also haben wir das, was getan werden muss, wenn es denn getan werden muss, so effizient wie möglich zu erledigen. Zum Glück arbeite ich bloß freiberuflich. Die meiste Zeit über bin ich mit meinem Freund im Wald unterwegs und kümmere mich um Moose und essbare Insekten statt um die Stadien der Maden bei reiferen Leichen. Dieser Fall aber interessiert mich doppelt. Mein Kollege will eine Leiche gesehen haben, die war ganz frisch, bloß am Rücken hat ihr etwas gefehlt, bei Rindern würde man es als Beiried bezeichnen. Leider ist er momentan auf einem Trekkingurlaub in Feuerland. In der Pathologie geht das Gerücht um, es hätte schon einige ähnliche Vorfälle gegeben. Fotos habe ich keine. Es war klar, dass der junge Mann an einem Motorradunfall gestorben ist. Fremdverschulden wird nicht ausgeschlossen, gilt aber als unwahrscheinlich. Er war durch die Kurven des Gaisbergs unterwegs, als wäre er Rossi. Aber selbst für den gelten die Naturgesetze. Wir nennen solche Biker Organspender. Im Frühling fliegen sie besonders tief.

Kein Wunder, dass diese Jahreszeit gerade bei Transplantationsaspiranten als Zeit der Hoffnung und des Neuanfangs gilt. Eine Obduktion wird bei schwerkraftindizierten Todesfällen nur selten durchgeführt.

Victoria Helena von Hohenlauf

Man ist eben neugierig. Und was ist schon dabei? Niemand wurde dafür umgebracht. Das haben sie versprochen. Warum soll ich es nicht glauben? Man kann doch auch Wild essen, wenn es unter ein Auto gekommen ist. Vorausgesetzt, der Jäger findet es schnell und blutet es aus. Oder so. Außerdem wäre ich allein ohnehin nicht hingegangen, aber wenn man eingeladen wird, gebietet es die Höflichkeit, mitzumachen. Ganz abgesehen davon, dass Salzburg momentan ziemlich langweilig ist. Wien übrigens auch. Und dass ich Dodo Smolow brauche. Nicht fürs Herz, das nun wirklich nicht. Ich bin Ästhetin. Aber er hat Kontakte. Von einem Adelstitel allein kann man nicht mehr leben. Ich hoffe, das ändert sich wieder, wenn erst die Richtigen an der Regierung sind. Das Fleisch war übrigens durchaus interessant, zart, es hatte tatsächlich leichte Anklänge an Wildbret. Aber am besten, das muss ich zugeben, war die Sauce. Etwas mit Morcheln und Mandeln. Bei solchen Dingen ist er wirklich Meister, der Meister Manu.

Oberst Eduard Mühlbichler

Morgen Nacht schlagen wir zu. Der „Club Felice“ wird abgeriegelt. Solche Einsätze muss man so geheim wie möglich halten. Sonst hat man die Medienmeute früher am Hals, als man sie brauchen kann. Ich habe den Polizeipräsidenten noch immer nicht erreicht. Das macht mich etwas nervös. Womöglich ist er unter den Gästen. Ich traue es ihm zu. Jedenfalls ist klar, wie wir vorgehen. Ohne Ansehen der Person. Auch wenn es danach den einen oder anderen Skandal geben könnte. Ich muss nichts mehr werden. Ich werde ohnehin nichts mehr, seit ich dieser Opernsängerin den Führerschein abgenommen habe. Ich interessiere mich nicht für klassische Musik. Was soll daran gut sein, wo sich sogar Mafiosi als „Freunde der italienischen Oper" bezeichnen? Meine Schwester ist eine verdammte Besserwisserin. Sie sagt, das hat Billy Wilder erfunden. Der hatte was mit Marilyn Monroe. Nur damit klar ist: Da kenne ich mich aus. Und ich weiß, dass man von blonden Frauen die Finger lassen sollte. Am besten, man lässt die Finger von allen. Die Operndiva war schwarzhaarig. Sie konnte nicht einmal Deutsch. Dabei hat sie unsere Staatsbürgerschaft. So weit sind wir gekommen. Wer kann da noch stolz auf unsere Berge sein? Sollen sie mich ins Archiv versetzen. Bei gleichbleibenden Bezügen. Ich bin nicht dumm. Ich gehe streng nach Gesetz vor. Und ich spiele nicht mit beim Salzburger Prominentenwahn. Nicht mehr. Abriegeln, umzingeln, niemand entkommt. Ob mein Bild in der Zeitung sein wird?

Manu Michels

Ich bin Küchenchef und kein Verbrecher. Man hat mich zum kreativsten Koch des Jahres gekürt. Vor ein paar Jahren. Eigentlich vor mehr als einem Jahrzehnt. Damals war ich noch jung. Und hungrig. Und wild. Vor kurzem war diese aufgedrehte Supermoderatorin im „Felice", sie hat mich für ihre Kochshow interviewt. „Ist Kochen nicht immer Manipulation?", hat sie mich gefragt und mit den Wimpern geklimpert. „Ganz anders als Fernsehen", habe ich geantwortet. Es gibt viel weniger Menschen, die Ironie verstehen, als man annehmen möchte.

Ich habe eine ganze Kühltruhe voll mit Kängurufleisch gehabt. Australische Wochen, gesponsert von einem dieser Weingüter mit Weltruf. Nicht weil es so gut, sondern weil es so groß ist, dass die Chinesen es gekauft haben. Aber dann kam das Gerücht auf, die Australier hätten Waldbrände gelegt, um Kängurus zu jagen. Man muss sich das vorstellen: Diese Riesenhopser flüchten vor dem Gegrilltwerden und zack!, sind sie erschossen. Dumm gelaufen. Viel dümmer als die Theorien, hinter den Waldbränden stünden islamistische Terroristen, Klimaschützer oder Außerirdische, war das auch nicht. Jedenfalls wollte keiner mehr Kängurufleisch. Meine Gäste sind da sensibel. Leidende Tiere geht gar nicht, das verträgt sich nicht mit ihrem wichtigsten Gen, dem für Publicity.

Ich kenne den Leiter der BBBS. Der „Bürgerinnen- und Bürger-Beschwerdestelle Salzburgs“. Das ist inzwischen ein großes Amt. Ihre Einführung war ein genialer Schachzug des Bürgermeisters. Endlich fühlen sich die Menschen ernst genommen. Dass sich wirklich etwas ändert, wollen ohnehin die wenigsten. Der Erste Diener des BBBS war früher Kabarettist. Jetzt hat er ein pandemie- und krisenfestes Einkommen. Und die Angefressenen ein Gegenüber, das sie noch immer für lustig halten. Ich weiß, dass er gerne redet. Über ihn habe ich Duftmarken dieser ganz besonderen Filets verblasen. Wenn ich schon ein Meister der heißen Luft bin, dann richtig. Mise en Place, Vorbereitung. Das habe ich von Lehrlingstagen an geliebt. Außerdem kenne ich meine Klientel. Und auch andere, für die das Besondere schon längst zu wenig ist. Es muss einzigartig sein, damit sie anbeißen. Also habe ich den „Club Felice“ eröffnet. Pop-up. Keiner weiß, wie lange es ihn geben wird. Rein darf man natürlich nur mit Anmeldung. Plus zusätzlicher persönlicher Empfehlung. Wir öffnen dann, wenn das Restaurant schließt und durchschnittliche Menschen schlafen gehen. Wir sind jede Nacht gerammelt voll. Dabei zahlen sie noch deutlich mehr als damals bei den

Fugu-Wochen. Etwas besonders Grausames haben sie übrigens nicht im Blick, eher schon sind sie seltsam aufgekratzt wie Kinder, die verbotenerweise Marmelade naschen.

„Kannibalen" getäuscht!
Salzburgbote, Exklusivbericht.
Eine Polizeirazzia im „Club Felice" geriet zur Farce: Angeblich sollte Manu M. seine Gäste seit einigen Wochen mit Menschenfleisch „verwöhnen". Zur Empörung der illustren Gourmets stürmte eine bewaffnete Polizeieinheit das Lokal, der Starkoch konnte allerdings rasch beweisen, dass es sich bei den köstlichen Filetvariationen um Kängurufleisch handelt. Er kündigte an, in Hinkunft wieder auf naturnahe Lebensmittel aus der Region zu setzen.

WIENER KUGEL, MITTEN INS HERZ

Sie kommt an jedem Fünften des Monats. Und heute ist wieder ein Monatsfünfter und sie ist nicht da. Bei anderen Gästen hätte Lila das wenig interessiert, aber Fräulein Anna ist etwas Besonderes. Wo trifft man schon eine filigrane, in elegantes Schwarz gekleidete etwa neunzigjährige Person, die mit aufrechtem Rücken ganz allein am Tisch eines In-Lokals sitzt, zwei Gläser Champagner auf einmal bestellt, den ersten Schluck nimmt und dann in einer feinen Sprache, die an entdonnertes Burgtheaterdeutsch erinnert, nach den Tagesempfehlungen fragt?

Caruso meint, sie wird eben krank geworden sein, Lila solle ihre Fantasie zügeln und lieber schauen, dass das Zucchini-Carpaccio für Tisch 12 besonders schön wird, denn dort sitzt der Hofrat, der für die Genehmigung der Schanigärten zuständig ist. Seit kurzem ist er Vegetarier. Üblicherweise knurrt Caruso bei tierfreien Bestellungen etwas wie: Futter für Kuh servieren wir nicht, aber den Hofrat hofiert er. Die Schanigartengenehmigung gilt immer nur für ein Jahr.

Lila versucht sich zu konzentrieren. Lamm mit Selleriegemüse, Hirschrücken vom Grill mit Agrumen. Das Telefon brummt in ihrer Hosentasche. Fräulein Anna! – Aber woher hätte die ihre Nummer? Es ist der Wohnungsvermieter. Wieder einmal eine Beschwerde, dass sie in der Nacht Stimmübungen gemacht hat. Die Tussi von nebenan soll sich abregen. Lila ist Schauspielerin, zumindest an sich, da muss sie eben ihre Stimme in Schuss halten. Kann schon sein, dass es halb drei in der Früh war, aber um die Zeit kommt sie eben heim, vielleicht hatte sie etwas zu viel Rotwein getrunken, jedenfalls lässt sie sich nicht von einem besoffenen Blödmann in einer Bar nachsagen, dass sie nicht das Zeug dazu hätte, klassische Rollen zu spielen. Also hat sie etwas trainiert. Sie hätte sich bessere Nachbarn verdient als eine Lehrerin mit zwei kleinen Kindern und einem Mann, der immer schuldbewusst aussieht, obwohl er sicher viel zu langweilig ist, um jemals etwas anzustellen. Ausziehen wäre schön, ist aber unfinanzierbar. Vierter Stock Altbau, kein Lift. Gut für die Kondition, auch wenn die Lehrerin in letzter Zeit eindeutig einen fetten Arsch kriegt. Dabei ist sie zwei Jahre jünger als sie.

Wo ist Fräulein Anna?

„Was ist mit Entenbrust und Trüffelconfit für Professore? Che cosa? Muss ick alles machen selbst?“, schreit Caruso in die Küche. Wie ihr sein falscher italienischer Akzent auf die Nerven geht. Den hat er sich vor Jahrzehnten zugelegt, als Italiener in Wien noch exotisch waren. Dabei ist er aus Mistelbach. Und fixer Bestandteil der Wiener Lokalszene, sein „Ecco Wien“ bekommt immer wieder Hauben und Bestecke, als Auszeichnungen, versteht sich.

Lila seufzt. Warum ist sie hier gelandet? Eine lange Geschichte. Hat damit zu tun, dass sie gelegentlich auf die falschen Männer abfährt. In dem einen Fall hat nur mehr die rasche Flucht auf ein Schiff geholfen. Und da sie noch nie Geld für kostspielige Reisen gehabt hat, ist sie in der Küche gelandet. Dort hat sich herausgestellt, dass sie zäh und hitzebeständig ist. Und das bisschen, das man darüber hinaus noch können sollte, hat sie rasch gelernt.

Lila sieht auf die Uhr. Gleich Mitternacht. Sie hat Fräulein Anna vor einigen Monaten einen vergessenen Schal nachgeschickt. Wo ist die Adresse? Sie kramt in ihren Jeans. Unsinn, nicht einmal bei ihr hält sich ein Zettel so lange in einer Hosentasche. Richtig, sie hat die Adresse damals ins Reservierungsbuch geschrieben.

„Lila Pause?“, wispert ihr Hektor, der Oberkellner, zu. Sehr witzig. Ihr Name ist Lila Kaiser, oder zumindest fast. Eigentlich heißt sie Elisabeth Kaiser, und was noch viel schlimmer ist: Ihre Eltern haben sie Sisi gerufen. Sisi Kaiser, dabei hat sie mit der Kaiserin Sisi wirklich nichts gemeinsam. Also hat sie sich in Lila umgetauft, das klingt viel interessanter, fand sie mit achtzehn, findet sie grundsätzlich auch mit fünfunddreißig, bloß Retro-Idioten verbinden Lila mit einem inzwischen auch schon wieder eingestellten Schokoriegel.

Sie blättert im Reservierungsbuch. Da: Anna Pfaffenhofer, Raisweg 34, Hietzing. Sie reserviert unter „Fräulein Anna“ und mag es auch, wenn man sie so anspricht. Caruso sagt natürlich Signorina zu ihr. Caruso hat einen gewissen Charme, der auf ältere Frauen wirkt. Jugenderinnerungen ans damals noch so ferne Italien. Eigentlich wirkt er nicht nur auf ältere Frauen, tatsächlich ist Caruso der südländischste Mistelbacher, den Lila kennt. Dichtes graues Haar, tiefe Stimme, Leinensakko, ein Hauch Gigolo. Man sollte nachsehen, ob es Fräulein Anna gut geht.

Aber morgen Vormittag hat Lila endlich wieder einen Job als Schauspielerin. Es ist bloß eine Rolle in einem Werbespot, immerhin bezahlt. Und heute schläft Fräulein Anna wohl schon. Hoffentlich.

Es ist gegen ein Uhr in der Früh, als Lila endlich ihre Kochklamotten auszieht und sich noch rasch ein Glas Zweigelt aus dem Weinviertel genehmigt. Deutlich besser als ihr Standard-Chianti. Der ist aus Bag-in-Box-Gebinden und wird dann in Retro-Korbflaschen umgefüllt. Wenn es hart auf hart geht, hätte sie Caruso damit in der Hand. Aber sie ist eine treue Seele. An sich. Er verkauft den Chianti immerhin als Schankwein – und in welchem Gastronomiebetrieb gibt's gar keine Leichen im

Keller? Apropos Leiche. Um gut schlafen zu können, sollte sie doch beim Raisweg vorbeischauen. Mit Wiener Straßen kennt sich Lila ganz gut aus, eine Zeit lang hat sie als Taxifahrerin gejobbt. Wie bringt sie Caruso dazu, ihr sein Auto zu borgen? Sie besitzt keines, teuer und überflüssig. Außerdem hat sie so eine gute Ausrede, nicht allzu oft zu den Eltern aufs Land fahren zu müssen. Allein beim Plastiktischtuch kommt ihr das Grauen. Das hat nicht nur ästhetische Gründe, es erinnert sie zu sehr an das Essen ihrer Kindheit. Da war nichts mit deftiger Bauernküche und Kräutern aus dem eigenen Garten, seit es billige Tiefkühlprodukte vom Diskonter gab. Vielleicht blanke Gegenwehr, dass sie immer schon gern gekocht hat.

Caruso teilt Lilas Sorge um Fräulein Anna nicht, aber an sich ist er ein gutmütiger Mensch und er wohnt bloß zwei Straßen weiter.

Die Gassen um das Fernsehzentrum am Küniglberg. In der Nacht menschenleer, wie eine verlassene Filmkulisse, Villen mit schmiedeeisernen Gartenzäunen davor, Einbahnen, Sackgassen. Warum kommt Fräulein Anna ins „Ecco Wien“ essen, wenn sie hier wohnt? Lila muss wohl doch Google fragen. Sie bleibt resigniert stehen – und stellt fest, dass sie schon am Raisweg gelandet ist.

Genug freie Parkplätze. Die Bewohner dieser Gegend haben Garagen. Nummer 34. Eine weiße Villa, zweistöckig mit Stuckornamenten. Jugendstil, tippt Lila. Sie stellt den schwarzen BMW gegenüber ab, darauf bedacht, keine Schramme in Carusos Liebling zu machen, sonst wäre es mit seiner Gutmütigkeit schnell vorbei. Hier also lebt Fräulein Anna. Wer wohnt sonst noch hier? In den umliegenden Häusern brennt kein Licht. Auch in der weißen Villa ist es dunkel. Nein – da war ein schwacher

Schein in einem der Räume im oberen Stock. Eine Lichtquelle, die sich bewegt. Taschenlampe. Einbrecher? Unsinn, wenn jetzt eingebrochen wird, wäre Fräulein Anna doch in der Lage gewesen, pünktlich im „Ecco Wien" zu sein. Außer man hat sie schon vor Stunden niedergeschlagen. Lila drückt gegen das Gartentor, es geht ohne Widerstand auf. Eingangstür. Auch sie nicht versperrt. Lila steht in einem quadratischen Vorraum, eher einer Halle, und hält für einen Moment inne. Ist nicht sie es, die jetzt einbricht?

Sie lässt die Tür einen Spalt offen, so kann sie wenigstens Umrisse erkennen. Ihr Herz schlägt rasch, sie zwingt sich, tief, regelmäßig und lautlos zu atmen. Finster: Das ist für sie wie der Tod.

Lila sollte das Licht anmachen und nach Fräulein Anna rufen. Aber was, wenn sie friedlich schläft und einen Schock bekommt? Oder wenn die im ersten Stock mit mehr als einer Taschenlampe bewaffnet sind? Kein Geräusch. Nichts. Sie hat sich getäuscht. Oder es war ein Sensor, der angeht, wenn Fräulein Anna in der Nacht aufs Klo muss.

Lila macht zwei Schritte. Ein Schatten. Eine Bewegung. Da ist noch jemand im Raum. Angestrengt späht sie ins Nichts, ihre Augen müssen sich erst an das Dunkel gewöhnen, noch ein Schritt. Auch der eher fühl- als sichtbare Schatten hat sich bewegt. Auf die Straße, Polizei verständigen, Rettung für Fräulein Anna rufen, wenn sie denn zu retten ist, Lila ist dabei, sich umzudrehen, da blitzt es. Spiegel, ein riesiger Spiegel mit massivem Rahmen. Schritt zur Seite. Ihr Widersacher bewegt sich mit. Sie hat sich vor dem eigenen Spiegelbild gefürchtet. Lila atmet pfeifend aus und grinst und zuckt wieder zusammen. Ein Geräusch. Da war eindeutig ein Geräusch. Wer weiß, wie lange es dauern würde, bis Hilfe kommt. Sie ist kräftig und gut in Form, das macht die Arbeit in der Küche und das viele Stiegensteigen. Sie ist jedenfalls viel kräftiger als das zerbrechliche Fräulein Anna mit ihren zwei Gläsern Champagner, an denen sie während des Essens abwechselnd nippt. Einen schlechten Appetit hat sie allerdings nicht. Der Stiegenaufgang. Mit jeder Stufe wird es noch dunkler. Sie tastet sich vorwärts, hört etwas wie Wimmern, sie bräuchte eine Waffe, einen schweren Gegenstand, Fleischklopfer oder Golfschläger oder was auch immer, sie muss das Überraschungsmoment nutzen. Lebt Fräulein Anna hier allein? Warum hat sie sie nie danach gefragt?

Das ist kein Film, in dem du endlich die verdiente Hauptrolle spielst, Lila, das ist real und man kann ganz real sterben. Sie stolpert über die nächste Stufe und kann sich gerade noch am Treppengeländer festhalten. Innehalten. Lauschen. Nichts. Dann wieder Seufzen und Wimmern. Fräulein Anna. Treppenabsatz. Ein Fenster auf die Straße hinaus, das wenige Licht, das durchdringt, wirkt grau. Drei offene Türen, ein Lichtschein hinter der mittleren. Sie drückt sich an der Wand entlang, natürlich wie im Film, woher soll sie sonst wissen, was sie zu tun hat, sie versucht lautlos zu sein, späht in den Raum.

Fräulein Anna. Ohne Fesseln, dafür mit einer schwachen Taschenlampe in der Hand, sie seufzt und wimmert und geht herum, als ob sie etwas suchen würde. Schlafwandlerin? Aber warum war die Eingangstür offen? Und warum war sie heute nicht im „Ecco Wien“?

Lila stößt an eine große Vase, kann sie gerade noch fangen, Fräulein Anna schreit auf und sackt in sich zusammen. Sie rennt zu ihr, nimmt die Taschenlampe, wie eine Puppe liegt die alte Dame auf dem feingeknüpften Teppich, leblos. Hektisch sucht Lila ihre Halsschlagader, kühle Pergamenthaut, sie findet keine Ader, aber da muss eine sein, sie muss pulsieren. Da. Herzschlag.

Immerhin, sie lebt. Warum schleicht Fräulein Anna mit der Taschenlampe durchs eigene Haus? Ist es überhaupt ihr Haus? Was weiß sie schon über Fräulein Anna? Sie ist ihr Lieblingsgast und sie achtet darauf, dass sie an jedem Fünften frische Austern im Haus haben, die isst sie besonders gern. Drei ganz kurz überbacken, drei roh auf Eis mit einem Spritzer Zitrone.

Lila tätschelt Fräulein Anna, zuerst vorsichtig, dann schon etwas fester. Riechsalz bräuchte man, auch das ist, wie das Figürchen vor ihr, aus dem vorigen Jahrhundert. Fräulein Anna tut einen tiefen Seufzer, setzt sich auf und wirkt, als wolle sie gleich wieder in Ohnmacht fallen. Lila hält sie fest, es ist, als würde man einen jungen Vogel halten, Haut und Knochen und ein pochendes Herz.

„Sie sind heute nicht gekommen, ich wollte nachsehen …", flüstert Lila.

„Ich war es nicht", jammert Fräulein Anna.

„Was?"

„Ich habe ihm nichts getan."

Vielleicht ist sie verwirrt, ein Schlaganfall, Kurzschluss in irgendwelchen alten Hirnleitungen. „Wem?"

„Dem, den sie mir geschickt haben."

„Ist noch jemand im Haus?"

„Er ist verschwunden!"

„Wohnen Sie allein?"

„Natürlich, aber …"

„Sind Sie überfallen worden?"

„Überfallen? Wieso überfallen? Ich gebe ja zu, ich war sehr empört und wütend, aber ich hätte nie geschossen, ich habe das Ding nur so, zur Beruhigung, es stammt noch von den Herrschaften, und plötzlich …"

„Warum die Taschenlampe?"

„Ich … weiß nicht … Man sollte nicht sehen, dass ich noch immer suche."

„Es ist Ihr Haus."

Fräulein Anna seufzt und sagt mit fester Stimme: „Helfen Sie mir auf und machen Sie bitte das Licht an."

Lila zuckt zusammen. Die ersten lauten Töne nach so viel Geflüster und Geschleiche. Sie hilft ihr auf die Beine.

„Licht", sagt Fräulein Anna. „Dort drüben."

Lila lässt den Lichtkegel der Taschenlampe suchend über Möbel und Wände gleiten. Ein Schreibtisch aus massivem Holz, Schreibtisch, ein altertümliches Sofa mit vielen Kissen, goldgerahmte Stiche an der Wand, Lichtschalter.

Ein Luster flammt auf, geblendet blinzelt sie weg vom funkelnden Kristall.

„Sie sind es!", sagt Fräulein Anna erstaunt. „Ich dachte, die Polizei."

„Sie haben die Polizei verständigt?"

„Nein… ich habe ihm nichts getan, dass ich nicht gleich die Polizei geholt habe, das war der Schock, und dann, als ich wiedergekommen bin, war er nicht mehr da."

Schnaps. Den brauchen wir jetzt, denkt Lila. Beide. Und merkt erst dann, dass sie es laut ausgesprochen hat. Fräulein Anna deutet und nickt. In der Bar steht ein erstaunliches Sortiment von Malt Whiskys, manche fast leer, einige klare Fruchtbrände, eine Flasche Cognac.

„Marille bitte", artikuliert Fräulein Anna mit ihrer zarten Burgtheaterstimme, sie klingt schon fast wie im „Ecco Wien". „Gläser finden Sie links." Sie geht zu einer Biedermeier-Garnitur, ein Tischchen mit glänzender Holzplatte und drei Sesseln, die zu filigran wirken, als dass Lila darauf gefahrlos Platz nehmen könnte.

Sie füllt zwei perfekt geformte teure Schnapsgläser, in das eine gießt sie so viel, wie es der Anstand gerade noch zulässt, das mit weniger Schnaps gibt sie dem Fräulein. Ein missbilligender Blick. Vielleicht ist sie eine heimliche Säuferin und hat in der Nacht Halluzinationen, allerdings: Mehr als die beiden Gläser Champagner hat sie im „Ecco“ noch nie getrunken.

Lila nimmt ganz vorsichtig Platz, der Stuhl knarrt ein wenig, aber er ist widerstandsfähiger als gedacht. Das scheint auch auf seine Besitzerin zuzutreffen. Sie prostet Lila mit einer eleganten Handbewegung zu und ebenso elegant kippt sie den Marillenschnaps in einem Zug hinunter.

„Was ist passiert?“, fragt Lila.

Das alte Fräulein schweigt.

Auf dem Schreibtisch steht ein PC. Lila fokussiert ihren Blick auf den Computer, hilft gegen das Gefühl, einen Zeitsprung gemacht zu haben.

Fräulein Anna hat ihren Blick bemerkt. „So ein Computer ist auch nicht viel anders als eine Schreibmaschine, halt mit Fernseher dran“, sagt sie fast trotzig.

„Wer ist gekommen und dann wieder verschwunden?“

„Noch eine kleine Marille? Nicht, dass ich üblicherweise …“

Lila holt die Flasche und gießt ein, diesmal bekommen beide gleich viel. Der Brand ist gut, fruchtig, aber nicht süß, stark, aber nicht scharf. Eigentlich könnte sie wieder gehen. Fräulein Anna ist wohlauf, wenn auch etwas verwirrt, vielleicht trinkt sie doch häufiger ein Gläschen, als es gut für sie ist. Sei ihr vergönnt.

„Wir haben Sie heute vermisst.“

„Wie schön von Ihnen. Aber wie gesagt … ich konnte danach doch nicht …“

„Wonach?“

Das nächste Gläschen: kipp und weg. „Also das ist so: Ich habe dieses Haus geerbt. Das ist bereits vierundzwanzig Jahre her. Ich habe unter dem Dach gewohnt, ursprünglich. Als Haushälterin, sozusagen. Eigentlich war ich Gesellschaftsdame. Sie müssen wissen, ich hatte eine gute Erziehung, aber dann kam der Krieg."

„Welcher?", fragt Lila verwirrt.

„Na welcher wohl? Der Zweite Weltkrieg. Die Herrschaften waren deutlich älter als ich. Sie ist gestorben, wenigstens ist es schnell gegangen. Gott hab sie selig, sie war eine gute Frau, wenn auch manchmal ein klein wenig herrschsüchtig, aber damit lernt man umzugehen. Kühl, nicht nur zu mir. Er … er war sehr jung geblieben, etwas über achtzig, ein echter Herr, wenn Sie verstehen, was ich meine. Eine elegante Erscheinung, zuvorkommend, musisch sehr begabt." Sie seufzt und lächelt, scheint tatsächlich in eine andere Zeit abgetaucht zu sein. „Die Fabrik hat ihr Vater aufgebaut, aber er hat sie in die Höhe gebracht. Schokolade und andere Naschereien, Sie kennen sie sicher. Und ich … war eben Fräulein Anna. Sie waren mit meinen Eltern befreundet, die mussten weg im Krieg, ich war noch ein Schulkind, sie haben mich aufgenommen. Ich durfte das Gymnasium abschließen, nach dem Krieg. Und bin ihnen zur Hand gegangen. Nicht, dass ich putzen hätte müssen, dafür hatten sie eine Frau, die tagsüber ins Haus gekommen ist. Nach einem kleinen Intermezzo, das zu lange her ist, um noch darüber zu reden, ich war jung und er auch, habe ich ihnen Gesellschaft geleistet, formal war ich Haushälterin. Leider ist Herr Domayer bald nach seiner Frau gestorben. Ein Schlaganfall, ich habe ihn gefunden, er war über den Schreibtisch gesunken, hier im Arbeitszimmer. Fürchterlich, aber ich habe es nicht übers Herz gebracht, den Schreibtisch wegzugeben, hier ist er am liebsten gesessen."

Lila schaudert. Halb drei in der Früh ist es inzwischen. Fräulein Anna hat einen Schwips und ihr Herr Domayer spukt.

„Er hat mir das Haus vermacht. Er wollte nicht, dass ich auf der Straße stehe, es war … unser Haus. Und ich bekomme eine ordentliche Rente. Der Neffe hat die Fabrik geerbt, aber der geht es lange nicht mehr so gut wie früher. Nie hat jemand etwas dagegen gehabt, dass mir das Haus gehört, und jetzt geht ihnen das Geld aus und sie verlangen das Haus zurück. Christoph Kreuzer, Sie werden ihn nicht kennen, er ist … tut mir leid, das sagen zu müssen, er ist ein kleiner Gauner. Dabei: beinahe die gleiche imposante Statur wie sein Onkel, aber alles andere als elegant. Er hat gesagt, ich habe mir das Haus erschlichen, kein Mensch schenkt einer Angestellten so eine Villa. Ich hätte seinen Onkel unter Druck gesetzt. Ich ihn! Absurd! Er hat mir einen Anwalt auf den Hals gehetzt. Und heute ist dieser … Mann aufgetaucht. Er hat sich das ganze Haus angesehen und eine Menge aufgeschrieben, er hat alles fotografiert, sogar die Toiletten, und gemeint, in einem Altersheim wäre es für mich viel bequemer. Wenn ich das nicht einsehe, könnte es zu bösen Überraschungen kommen. Der Brandschutz sei veraltet, hat er gemeint. Ich bin nicht dumm, das war eine Drohung. Er hat alle Fotos vom Kaminsims genommen, da bin ich wütend geworden. Im Wohnzimmer liegt eine alte Waffe, eine Pistole, Herr Domayer – zu ihm musste ich nie ‚gnädiger Herr' sagen, nur sie war die ‚gnädige Frau' – hat mir gezeigt, wie man damit umgeht. Ich habe sie kaum halten können, so sehr habe ich gezittert, aber ich habe gezielt und gesagt, raus jetzt, verlassen Sie mein Haus. Da hat mir jemand von hinten die Waffe aus der Hand genommen und auf ihn geschossen und er ist zu Boden gegangen, Blut auf der Brust, man hat mir die Waffe wieder in die Hand gedrückt und ich war so durcheinander, dass ich mich nicht umgedreht habe. Dann war ich mit dem Toten allein. In meinem Kopf hat sich alles gedreht. Es stimmt schon, ich habe nicht sofort die Rettung gerufen, ich habe nicht gewusst, Rettung oder Polizei und was geschieht dann mit mir? Ich habe doch nicht geschossen. Ich bin … aus dem Zimmer gegangen, ich wollte klare Gedanken fassen, ich schwöre bei Gott, es waren höchstens ein, zwei Minuten. Ich bin wiedergekommen und der Tote war nicht mehr da. Verschwunden. Samt der alten Pistole. Ich habe … ihn gesucht, bis Sie …" Ihre Stimme wird schwächer.

Lila seufzt. Fräulein Anna tickt nicht mehr richtig. Sie hat schlecht geträumt. Dass sie so klar erzählen kann, bedeutet gar nichts. Ihre Schwester ist Psychologin, oft wirken Durchgeknallte ganz normal.

Oder: Sie hat geschossen und glaubt, jemand anderer hat ihr die Waffe aus der Hand genommen und es getan. Aber wo ist dann die Leiche?

Oder: Sie spielt ihr das arme hilflose Fräulein vor und in Wirklichkeit …

„Ich war es nicht", wiederholt Fräulein Anna.

„Wer hat denn … an Ihrer Stelle geschossen? War es vielleicht Herr Domayer, der Ihnen das Haus vermacht hat?"

Ein strafender Blick. „Unsinn, ich habe Ihnen doch erzählt, dass er seit langem tot ist. Gott hab ihn selig. Ich habe den Mann nicht gesehen."

„Woher wissen Sie, dass es ein Mann war?"

Sie stutzt. „Ich … weiß es nicht, ich habe es angenommen, nur Männer tun so etwas, oder?"

Dass sie sich da einmal nicht täuscht. Lila ruft sich zur Ordnung. Sie darf sich nicht in diesem Hirngespinst verfangen. „Wo ist die Waffe?"

„Auch verschwunden. Kommen Sie, ich zeige Ihnen, wo sie gelegen ist!“

Lila kann ihr kaum folgen, so schnell geht sie die Treppen nach unten, durch die Vorhalle, in einen großen Raum mit offenem Kamin. Wie in einem alten Film.

„Sehen Sie: Hier ist die alte Pistole gelegen, in der Schatulle, auf dem Tischchen neben dem Kaminsims. Er hat mich wirklich schrecklich provoziert. Er war unglaublich ungehobelt.“

Lila klappt das Kästchen auf. Leer. Vor allem aber interessieren sie die Fotos auf dem Sims. Von der ehemaligen gnädigen Frau scheint keines dabei zu sein. Dafür gibt es Bilder der zierlichen Anna, aus einer Zeit, in der Fräuleins noch nicht (beinahe) ausgestorben waren. Und Fotos, auf denen ein Mann zu sehen ist. Neben einem Gipfelkreuz, kantiges Gesicht, graue blitzende Augen, Siegertyp. Das andere ist um etliches später entstanden: ergrauter Charakterkopf, selbstbewusstes Lächeln, einer, der es gewohnt ist, zu entscheiden und sich durchzusetzen. Fräulein Anna lächelt. „Ein imposanter Mann, nicht wahr?“

Lila murmelt etwas Unverständliches. Ein bisschen zu viel Berg Heil!, ein bisschen zu viel Patriarch – für ihren Geschmack.

Fräulein Anna reißt ihren Blick los. „Da ist er gelegen“, klagt sie und für einen Moment glaubt Lila, sie redet von ihrem ehemaligen … – was war er? Arbeitgeber? Oder doch deutlich mehr? Dann bückt sie sich, um den weinroten feinen Teppich zu inspizieren. Blut sieht sie keines.

„Vielleicht hat er sich in ein anderes Zimmer geschleppt. Soll ich nachschauen?“, fragt Lila. Es gäbe Dinge, die sie lieber täte. Aber wenn sich Kinder in der Nacht vor Gespenstern fürchten, hilft es, in jedem Winkel nachzusehen. Man muss ihnen beweisen, dass sie weg sind. Und behaupten, dass sie nicht mehr wiederkommen.

Fräulein Anna schüttelt den Kopf. „Ich habe alles abgesucht."

„Warum mit der Taschenlampe?"

„Das …" Ihre Stimme wird unsicher. „… das kann ich nicht so genau sagen, ich wollte nicht, dass jemand Licht sieht und mich … holt."

„Blutspuren gibt es keine."

Sie seufzt. „Ein Glück, der Teppich, müssen Sie wissen, ist sehr kostbar. Eine persische Antiquität."

„Soll ich … jemanden anrufen, der bei Ihnen bleiben kann?"

Fräulein Anna schüttelt den Kopf. „Da gibt es niemanden. Werden Sie die Polizei …"

Lila tätschelt ihr beruhigend den Arm. „Nein, ich glaube Ihnen, dass Sie nicht geschossen haben." Den Rest glaubt sie allerdings auch nicht. Heimfahren, duschen, ein paar Stunden Schlaf. „Kann ich Sie allein lassen oder soll ich bei Ihnen bleiben?"

„Gehen Sie ruhig. Ich werde hinter Ihnen absperren."

Um ihr Gewissen zu beruhigen, schwatzt Lila Fräulein Anna ihre Telefonnummer auf, selbst die Nummer vom Filmstudio gibt sie ihr.

„Die Studios kenne ich, die sind nicht weit von hier", sagt Fräulein Anna.

Es gibt wenig gute Fernsehspots, es gibt viele durchschnittliche und dann gibt es saudumme. In diesem geht es um Wiener Kugeln, so eine Art neu erfundener Mozartkugeln, aber noch viel süßer. Lila hat anstandshalber eine gekostet, zwecks Identifikation mit dem Produkt. Sie wünscht niemandem, mit dem Zeug bombardiert zu werden. Genau das hat sie seit drei Stunden auszuhalten. So will man ein jüngeres Publikum ansprechen. Also ein pseudokesser, pseudolustiger, Pseudo-Computerspiel-Spot. Lila trägt Zöpfchen, rosa Minirock, ein gelb-pink quergestreiftes Leibchen und ihr Partner muss sie mit diesen Wiener Kugeln beschießen. „Wiener Kugel – mitten ins Herz", lautet der Slogan. Aber Amor trifft nie richtig. Lila ist sich sicher: Morgen wird sie viele blaue Flecken haben. Die blöde Pistole, aus der er die Kugeln auf sie schießt, wurde vom Regisseur so dynamisch wie möglich eingestellt. Es soll aussehen wie ein echter Schuss. Daher: möglichst gerade Schussbahn. Wieder wischt sich Lila klebrig-schokoladige Flecken von Armen und Beinen, umgezogen hat sie sich auch schon drei Mal. Aber noch immer passt es nicht. Ins Herz muss sie getroffen werden, dann umfallen und in Liebe zu dem Idioten, der noch dazu eine Badehose mit Palmen drauf trägt, entbrennen. Geht es noch dümmer? Außerdem sollte sie in spätestens einer Stunde weg. Das „Ecco Wien" ruft. Mise en Place. Das A und O jeder ordentlichen Küche. Der Branzino in Saor muss durchziehen, bevor er richtig gut wird. Ihr Lieblingsgericht, das will sie selbst vorbereiten. Auch wenn es lächerlich ist, sich so zu engagieren. Sie ist Schauspielerin. – Ist sie? Manchmal denkt sie, dass Kochen mehr Spaß macht. Hat sie Hirschrücken auf die Bestellliste geschrieben?

Noch einmal von vorne. Lila hopst zwischen Palmenkulissen herum – was bitte haben die mit Wiener Kugeln zu tun? – und kommt sich außerirdisch vor. Noch ein Fehlschuss und sie erwürgt Amor. Dafür hat sie keine Schauspielschule besucht. Kann schon sein, dass sie keine klassische Schönheit ist. Sie will ohnehin Charakterrollen. An ihr ist alles zu groß, das haben schon ihre Eltern gesagt: Arme und Beine und Nase und Mund und Augen und dann auch noch eins achtzig. Ein Glück, dass sie wenigstens nicht fett ist. Aber regelmäßiges Essen liegt Lila nicht, sie isst, wenn sie Zeit hat und wenn es sie überkommt – dann dafür viel und mit Genuss. Sie ist auch sonst nicht so fürs

Regelmäßige. Das macht doch die schönsten Dinge des Lebens kaputt, wer würde regelmäßig zur selben Zeit womöglich noch am selben Ort Sex wollen, quasi nach der Stechuhr?

Der Regisseur, so ein Kleiner, der ihr knapp bis ans Kinn reicht, rückt an der Dekoration herum. Ihr Amor frisst unterdessen eine Wiener Kugel nach der anderen. Am Rand des Studios scheint sich etwas zu tun. Die Produktionsassistentin versucht, jemanden aufzuhalten, schwatzt etwas von Aufnahme. Dann bleibt Lila der Mund offen: Fräulein Anna. „Sie hat gesagt, ich darf kommen …", sagt sie mit ihrer besten Burgtheaterstimme.

„Ist etwas passiert?", fragt Lila.

Es ist offenkundig, dass Fräulein Anna ihr Outfit unpassend findet.

„Werbefernsehen." Das reicht als Erklärung.

„Ich war unsicher, ob ich nicht doch zur Polizei …", murmelt Fräulein Anna.

„Sie sollten sich mit meiner Schwester unterhalten."

„Wieso?"

„Sie ist … Psychologin."

Ein böser Blick. „Sie glauben mir nicht." Sie kramt in ihrer Tasche, Modell Doris Day.

„Damit Sie Ihre traumatische Erfahrung besser verarbeiten können." Bravo, Lila, das war elegant.

„Kugel mitten ins Herz, die neunte!", schreit der Regisseur.

„Ich muss zu den Palmen."

„Darf ich warten?"

„Ja … gerne … ich sollte dann aber gleich weg."

Der Regisseur wedelt mit den Armen, Amor mit der Pistole kommt hinter einem falschen Felsen hervor und stellt sich in Positur.

Lila will noch etwas Tröstliches zu Fräulein Anna sagen, da sackt sie in sich zusammen.

Lila tätschelt ihr ähnlich wie in der Nacht die Wange, der Regisseur holt ein Glas Wasser, Fräulein Anna kommt zu sich, wird genötigt zu trinken.

„Habt ihr keinen Schnaps?", fragt Lila.

„Ich muss mit Ihnen reden. Ganz dringend", zischt ihr Fräulein Anna erstaunlich klar zu.

Lila nickt. Man parkt das alte Fräulein in einem großen roten Fauteuil, ein Requisit, in dem sie beinahe verschwindet. Lila hopst einmal mehr zwischen Palmen herum. Diesmal trifft der Typ. Lila presst sich beide Hände aufs Herz, supertheatralische Geste, Stummfilmstars würden vor Neid erblassen. Sie lässt sich fallen, wummert leider mit dem Hinterkopf auf den harten Plastikboden, eine Beule mehr. Sie rappelt sich wieder auf, bekommt einen seligen Gesichtsausdruck, taumelt auf ihre neue Liebe zu, er schließt sie in die Arme und füttert sie – mit einer Wiener Kugel. Beinahe hätte Lila das picksüße Ding ausgespuckt, aber die Hoffnung, dass der Dreh endlich vorbei ist, macht sie zur Heldin.

„Ganz nett", ruft der Regisseur. „Ab da, wo Lila aufsteht, sollten wir das Ganze noch einmal machen. Mir war das Lächeln nicht … süß genug. Wenn Sie verstehen, was ich meine."

Dabei klebt Lila innen und außen vor Schokolade. Ein schneller Blick zu Fräulein Anna. Sie ist noch da und offenbar ganz munter. Sie sieht mit einer Spannung zu, die Lila für übertrieben hält. Diesmal lächelt sie, wie die Wiener Kugeln schmecken: eklig-pickig-süß, sie lässt sich noch einmal umarmen, noch einmal füttern, ein letzter schmachtender Blick und Klappe.

Geschafft.

„Schnaps?", fragt Lila Fräulein Anna in der Kantine.

„Es ist erst Mittag … aber dieser Schock …"

Lila bestellt zwei kleine Cognac, die werden zwar nicht vom Feinsten sein, aber wahrscheinlich besser als der Fusel, den sie hier als angeblichen Edelbrand ausschenken.

„Es ist nicht so, dass ich dauernd in Ohnmacht falle", sagt Fräulein Anna, nachdem sie den Cognac getrunken und das Gesicht verzogen hat. „Es ist nur … ich habe den Toten gesehen … den Mann vom Teppich."

Bei ihr scheint noch mehr nicht in Ordnung zu sein, als Lila vermutet hat. Sie sollten wirklich zu ihrer Schwester. Dringend.

Fräulein Anna schüttelt energisch den Kopf. „Ich bin nicht verrückt." Und langsam, ganz deutlich, fügt sie hinzu: „Der Tote war Ihr Partner."

Dachschaden, denkt Lila. Nur: Wer hat ihn? Sie? Ich? Beide?

„Der mit der Pistole und den Schokoladekugeln."

Pistolentrauma.

„Er war der Mann in meinem Haus."

„Entweder er ist tot, oder er schießt auf mich mit Wiener Kugeln", sagt Lila. Logisch. Trotzdem klingt es ganz und gar nicht vernünftig.

„Das ist ja das Verrückte: Gestern ist er tot auf dem Teppich gelegen und heute lebt er." Sie kramt in ihrer Handtasche und legt ein kariertes Blatt Papier auf den schmierigen Resopaltisch. Lila liest: „MÖRDERIN! DAS HAUS GEHÖRT DIR NICHT". Geschrieben in einer ungelenken Blockschrift, vielleicht mit der linken Hand.

„Das wollte ich Ihnen zeigen", sagt sie. „Ich weiß nicht, ob ich zur Polizei …"

Kann es sein, dass sie den Zettel selbst fabriziert hat? Hilfeschrei einer Einsamen, die ihrer Geschichte Nachdruck verleihen will? – Und wenn es doch stimmt? Der Amor in der Badehose: Was, wenn er gestern Nacht den Toten gemimt hat? Und ein anderer mit Platzpatronen … Wie viel braucht es, um eine alte Dame in Schrecken zu versetzen? Wie viel, dass sie aus Angst ihre Villa verlässt und in ein Altersheim geht?

„Die Kugeln sind viel zu süß. Sie schmecken billig. Herr Domayer hätte das nie zugelassen."

Lila schafft es nicht, sich zu konzentrieren. Ausgerechnet heute ist das Lokal gesteckt voll. Beinahe hätte sie vergessen, das Branzinofilet rechtzeitig aus der Pfanne zu nehmen. Das Selleriesoufflé fällt zusammen, unrettbar. Als neun Bestellbons gleichzeitig am Brett hängen, verliert sie vollends den Faden. Blackout. Sie weiß nicht mehr, was sie zuerst machen, was sie überhaupt machen soll. Dabei mag sie diesen Kick üblicherweise. Caruso zieht sein Sakko aus, eine Kochschütze über und hilft mit. Was bedeutet, dass er das Kommando übernimmt. Das bringt – wie immer, wenn er glaubt, in der Küche kommandieren zu müssen – noch größeres Chaos. Aber gerade dadurch fasst Lila wieder Tritt. Sie atmet durch, holt auf, bald sind alle Vorspeisen abgearbeitet, Hauptsache, die Gäste hatten schon irgendwas zu essen. Zwei Kalbsfilets liegen auf dem Grill, eine Pfanne mit Mangoldgemüse steht auf dem Herd, Saucen köcheln, das Huhn mit Kapern und Sardellen wandert unter den Salamander. Hilfskraft Klara – eigentlich studiert sie Publizistik, aber das tun viele – frittiert Garnelen und Spargel. Caruso zieht die Schürze aus, stolz, alles gerettet zu haben.

„Eccoci qua", sagt er. Einer der wenigen italienischen Sätze, die er beherrscht. Es bedeutet so viel wie „Da sind wir! Da haben wir es!" und ist universell einsetzbar.

Lila hat Fräulein Anna versprochen, bei ihr zu schlafen. Wahrscheinlich wäre es klüger gewesen, das alte Fräulein weg und in Sicherheit zu bringen. Aber wenn tatsächlich ihr Neffe hinter dieser Sache steckt, hätte er gewonnen. Sie muss dringend mit ihrem Schoko-Amor reden. Und falls Fräulein Anna sich doch alles ausgedacht hat: Gibt Schlimmeres, als in einer prächtigen Villa in einer der besten Gegenden Wiens zu übernachten. Die wollen doch, dass sich die Gesellschaft durchmischt. Vielleicht hat sie so eine Chance, ihre Vorurteile gegen die „besseren Gegenden" und die angeblich ebensolche Gesellschaft abzubauen.

In der Nacht ist das Licht in der U-Bahn greller als tagsüber, stellt Lila wieder einmal fest. Sie sieht ihr Gesicht in der Fensterscheibe und fasst gute Vorsätze: weniger Alkohol, ausreichend Schlaf. Von der Station bis zu Fräulein Anna sind es fast zwei Kilometer. Es ist Frühling, aber saukalt. Die Bäume scheinen sich nicht sicher zu sein, ob sie wieder grün werden wollen.

Vor der Nachbarvilla steht ein Auto. Drinnen ein Mann und eine Frau, keine Kuss-und-Abschieds-Szene, sie sitzen aufrecht und so weit voneinander entfernt, wie in einem Tesla nur möglich. In Fräulein Annas Haus brennt Licht.

Sie hat Lila einen Schlüssel gegeben, aber die Haustür ist wieder bloß angelehnt. Nicht gut, so vergesslich zu sein. Lila steht in der Eingangshalle. „Salon" hat ihn Fräulein Anna genannt. Salondamen, auch so etwas von früher. Absurd, dass sie ihr Spiegelbild für einen Eindringling gehalten hat. Bei Licht betrachtet … – Sie will auch den Rest des Hauses allein und nüchtern und entspannt betrachten. Sie drückt die Tür zum Kaminzimmer vorsichtig auf. Und von entspannt keine Spur mehr: Fräulein Anna mit erhobenen Händen. Ihr Kollege Schoko-Amor mit einer Pistole. Schon wieder.

„Sie hätten mich beinahe getötet, jetzt sind Sie dran", deklamiert er. Viel zu viel Pathos. Aber darum geht es nicht. Auch schlechte Schauspieler können tödlich sein.

„Sie werden nicht schießen", sagt Fräulein Anna. „Ich weiß, Sie sollen mir nur drohen!"

Der Schauspieler versucht ein schurkisches Lachen. John Wayne, der in eine Blechbüchse gefallen ist. „Glauben Sie?"

Fräulein Anna bemerkt Lila, starrt sie an.

Ex-Amor bemerkt Lila, starrt auch. Er fummelt mit der Pistole herum, zielt mal auf sie, mal auf Fräulein Anna. Dann auf die Decke. Der Schuss klingt ganz anders als auf der Bühne. Heller und lauter und endgültig. Nichts, was in Klappe zwei wiederholt werden wird, weil es nicht perfekt war. Er stößt Lila zur Seite, flüchtet, die Waffe immer noch in der Hand. Lila hinter ihm her.

Der nächtliche Raisweg, die beiden, als wenn es ein Traum wäre, Lila holt auf, sie hört ihn keuchen, gleich platzt ihre Lunge, ihre Beine, wie wenn man Knochen und Sehnen ausgelöst hätte, trotzdem weiter, in langen Schritten über die eigenen Möglichkeiten hinaus. Sie wirft sich von hinten auf ihn, sie knallen auf den Boden. Sie muss sich auf die Waffe konzentrieren, da kommen keine Schokokugeln raus. Er wummert ihr ein Knie in die Seite, sie zuckt, wimmert, versucht ihm den Ellbogen ins Gesicht zu rammen. Die Waffe, sie muss sich konzentrieren, den Schmerz wegdenken, die Faustschläge gegen den Bauch einstecken, die gehen sie nichts an, das ist wie in der Küche, man kann nicht davonrennen, nur weil man sich die Finger verbrannt hat … Für einen Moment hat Lila die Arme frei, sie greift nach der Waffe. Sie hat ihn überrumpelt und sich auch: Die Pistole ist in ihrer Hand. Fremdkörper, der sich nicht metallisch und schwer, sondern wie Plastik anfühlt.

„Ich schieße“, zischt sie und denkt: Hoffentlich geht das Ding nicht von selbst los. Amor rappelt sich auf, jault, streckt die Hände in die Höhe. Lila drücke ihm die Pistole in die Seite, sieht sich um. Der Raisweg hat weitergeschlafen. Niemand ist auf die Straße gestürzt, niemand hat die Polizei gerufen, nur im ersten Stock des Nachbarhauses versteckt sich etwas rasch hinter dem Vorhang. Keuchend, wortlos gehen sie zur weißen Villa. Sie hat ihn mit der linken Hand am Kragen, er ist einen halben Kopf kleiner. Mit der Rechten drückt sie den Lauf der Waffe an seine Flanke. Er zittert. Nuschelt etwas von „Riesenirrtum“ und dass ihn alle immer für dumm verkaufen. Nicht denken. Konzentrieren.

Durch die halb geöffnete Tür. Ins Kaminzimmer.

Fräulein Anna sammelt Glassplitter auf. „Ausgerechnet das schönste Foto von Herrn Domayer hat er getroffen“, jammert sie und fragt nicht einmal, wie es Lila geht. Dabei sind ihre Beine so weich und ihr Brustkorb sendet böse Schmerzsignale. Rippe gebrochen? Ein Organ darunter? Egal. Was zählt: Sie hat die Waffe.

„Da waren Platzpatronen drin. Hat er gesagt“, keucht ihr Widersacher.

„So ein Unsinn“, widerspricht Fräulein Anna, „wie können Platzpatronen das Foto zerschießen!“

Er scheint den Tränen nahe. Oder er ist doch ein besserer Schauspieler, als Lila bisher angenommen hat. „Wer hat das gesagt?“, fragt sie.

Fräulein Anna, die noch immer auf dem kostbaren Teppich kniet, mischt sich ungeduldig ein. „Na, der Neffe.“

Amor nickt. „Ich schwöre, ich habe das nicht gewusst, das mit den richtigen Patronen … Ich würde doch niemanden erschießen … nicht für alle Auftritte der Welt … Ich arbeite als Garagenwärter, nebenher, meist in der Nacht. Er hat seinen Autoschüssel nicht gefunden. Wir sind ins Reden gekommen. Er hat mir die Rolle gegeben. In dem Schokokugel-Spot. Ich sollte Testimonial werden. Für die gesamte Kampagne."

„Und was dafür tun?"

„Das hat er mir erst … später gesagt. – Wie … Wer bist du?"

Lila schüttelt den Kopf.

„Die Köchin war immer so nett zu mir", erklärt Fräulein Anna. „Eigentlich ist Lila Schauspielerin, also habe ich mit Frau Korinek geredet, der Chefin der Werbeabteilung, die hat mir nach dem Tod von Herrn Domayer immer Süßigkeiten vorbeigebracht und …"

Lila schüttelt den Kopf, ertappt sich dabei, mit der Waffe auf ein Tischbein statt auf Amor zu zielen.

„Er wollte bloß, dass ich Ihnen etwas vorspiele und Sie … erschrecke", sagt er zu Fräulein Anna. „Er hat gesagt, die Villa gehört Ihnen nicht, die ist Familienbesitz, aber wer kann schon als Person des öffentlichen Lebens einen Prozess gegen eine alte Dame führen? Das gäbe einen schrecklichen Shitstorm, auch gegen die Firma. Vor allem, wo der alte Domayer schon vor vierundzwanzig Jahren gestorben ist und Sie sich hier seitdem eingenistet hätten."

„Eingenistet? Ich war Gesellschaftsdame! Er hat mir das Haus hinterlassen!"

„Was solltest du tun?", fragt Lila ihren Schoko-Amor.

„Herr Direktor Kreuzer hat dafür gesorgt, dass in der alten Waffe Platzpatronen drin sind. Da waren Platzpatronen drin, ich schwöre! Dann bin ich gekommen …"

„Ich bin so wütend geworden bei dem ganzen Trara", fällt ihm Fräulein Anna ins Wort. „Alles hat er fotografiert und so getan, als wäre ich ein altes Möbel, das man einfach aussortieren kann. Und als er dann die Fotos vom Kaminsims genommen hat …"

„Sie hat es geglaubt", sagt der Schauspieler beinahe stolz. „Ich habe sie zur Waffe gelenkt, sie hat sie genommen und …"

„Also haben Sie doch geschossen", murmelt Lila. Ihr schwirrt der Kopf.

„Nein!", rufen beide gleichzeitig.

„Es war Direktor Kreuzer", erklärt der Amor-Parkwächter. „Er hat ihr von hinten einen Schubs gegeben, ihr die Waffe weggenommen und geschossen. Mit Platzpatronen! Ich habe einen kleinen Beutel mit Theaterblut zerdrückt, er wollte nicht, dass der kostbare Teppich Schaden nimmt. Nur dass die alte Dame unser Spiel viel besser verkraftet hat als gedacht. Sie hat mich angestarrt und ist dann aus dem Zimmer. Wir sind davon, nur für den Fall, dass sie die Polizei holt. Der Kreuzer hätte den letzten Akt besser planen sollen, so mussten wir improvisieren. Aber niemand ist dabei zu Schaden gekommen, oder?"

„Nur dass Fräulein Anna vor Angst fast verrückt geworden wäre", faucht Lila.

„Verrückt nicht", gibt diese zurück. „Was war mit dem Drohbrief? Das waren auch Sie?"

„Sie sollten ja bloß in ein schönes Altersheim … ist das so schlimm?"

„Mit vorgehaltener Waffe", setzt Lila nach.

Ihr Ex-Amor schüttelt traurig den Kopf. „Wer konnte ahnen, dass mich jemand erkennt? Direktor Kreuzer hat gesagt, ich muss die alte Dame noch mehr verwirren, dann wird alles gut."

„Ich bin nicht verwirrt!"

„Also, ich sollte sie mit der Waffe bedrohen, weil sie mich bedroht hat, am Tag davor, so ganz genau habe ich es nicht verstanden, er hat sich geweigert, ein Skript zu machen, ich sollte irgendwann schießen, sind ja nur Platzpatronen drin … aber … das waren keine Platzpatronen." Er sieht zuerst Fräulein Anna und dann Lila an. Die leeren Augen, die sie in keinem Schauspiel-Training hinbekommen hatte. Perfekt, denkt Lila.

„Er hat die Patronen ausgetauscht. Oder waren es doch Sie? Sie werden ein Geständnis unterschreiben", fährt Fräulein Anna den leeren Amor an.

„Das ist zu wenig", sagt Lila. So einfach soll der Neffe nicht davonkommen. Er wollte, dass Amor Fräulein Anna erschießt. Wozu ist sie vom Fach? „Wir werden die Inszenierung weitertreiben."

Die Pendeluhr schlägt zwei, als die Tür aufgeht. Ein Mann späht herein, Jeans, dunkler Pullover, trotzdem unverkennbarer Bauchansatz. Schwarz macht nicht jeden schlank. Auf dem Teppich liegt Fräulein Anna, viel Ketchup-Blut, wenn auch nicht auf dem Teppich – ein kostbares Stück, da sind sich Domayer-Neffe und Domayer-Gesellschaftsdame einig. Lilas Schoko-Amor spielt um sein Leben. Oder zumindest um seine Freiheit.

„Ich stelle mich der Polizei", schreit er. „Sie haben mich belogen, ich bin kein Mörder! O Gott! Sie haben mich getäuscht! Sie haben echte Patronen in die Waffe geladen!"

Der bräuchte wirklich für alles ein Skript, denkt Lila. Wenn er es nur mal nicht übertreibt. „Wir müssen sie wegschaffen. Ich stelle mich der Polizei!", macht der Schauspieler wenig logisch weiter.

„Haben Sie Fingerabdrücke hinterlassen?"

„Das ist mir egal, es sollte doch alles nur ein harmloser Scherz sein, haben Sie gesagt! Sie weiß, wer ich bin. Ich muss zur Polizei!"

„Sie ist tot. Wir müssen die Spuren beseitigen. Es muss aussehen wie ein Überfall, eine alte Frau allein in einer großen Villa, ein Raubmord! Haben Sie mich verstanden?"

Lila steht im Nebenzimmer und sieht auf den Monitor. Die Überwachungskamera, die ihr Vesna Krajner und ihr cooler Sohn Fran geborgt haben, ist winzig, aber sie hat ein richtig gutes Bild. Und sie nimmt auf. Direktor Kreuzer wischt mit einem Taschentuch am Kaminsims herum. Schoko-Amor rudert mit den Armen. Hoffentlich nimmt das Ding auf, sonst steht Aussage gegen Aussage. Dann reißt der Direktor Laden aus der Anrichte, stößt die Stehlampe um, inszeniert auf seine Weise. Zum Glück merkt er nicht, wie Fräulein Anna empört blinzelt, als er eine Vase zerdeppert. Es reicht.

Letzter Auftritt. Lila holt tief Luft und kommt, die Pistole in der Hand. Ohne Patronen. Sie fühlt sich mit einer Waffe, die nicht losgehen kann, deutlich sicherer.

Kreuzer sieht sie fassungslos an, dann greift er sich seinen Komplizen und drückt ihn gegen die Wand. Fräulein Anna springt auf und schimpft auf den Neffen ihres Herrn Domayer ein. Mieser Betrüger, Schokoverderber, Verräter, Mörder.

Lila übertönt das Chaos mit ihrer besten Bühnenstimme. „Alles aufgezeichnet", ruft sie. „Polizeifertig."

Plötzlich Stille.

„Ich lasse mir keinen Mord unterschieben", sagt Ex-Amor. „Ich sage aus."

„Sie ist doch nicht tot, Sie Stümper", krächzt Direktor Kreuzer.

„Zum Glück ist Fräulein Anna etwas sentimental, wenn es um die Familie ihrer ehemaligen Herrschaften geht", fährt Lila fort. „Wenn Sie Fräulein Anna in Ruhe lassen, wird sie von einer Anzeige absehen. Und auch meinen lieben Kollegen darum bitten, nichts zu unternehmen. Sollten Sie ihr drohen, sollte ihr etwas zustoßen: Ich habe das Video an eine sichere Mail-Adresse geschickt."

„Wenn die alte Dame das will, halte ich den Mund", sagt der Schauspieler und reibt sich das Kinn. Ganz dämlich scheint er doch nicht zu sein.

Kreuzer dreht sich wortlos um, seine Schritte hallen durch den Salon, dann fällt die Tür ins Schloss.

„Meine Schicht geht bald los", murmelt Amor, jetzt wieder ganz Parkwächter.

Lila hilft Fräulein Anna, Ketchup und Chaos zu beseitigen, eine Bodenvase hinterlässt eine Menge Splitter.

„Zum Glück war die nicht echt", tröstet sich Fräulein Anna.

Sie möchte, dass Lila trotz allem bei ihr übernachtet, die beiden Zimmer unter dem Dach seien bereit, es gäbe sogar ein eigenes kleines Badezimmer.

Lila füllt zwei Gläser mit dem besonderen Marillenbrand. „Was feiern Sie eigentlich jeden Monatsfünften in unserem Lokal?"

Fräulein Anna lächelt fein. „Unseren Jahrestag."

„Aber … ist das nicht der Tag, an dem Herr Domayer gestorben ist? Vor vierundzwanzig Jahren?"

„Ja, auch. Es … wir waren ein Paar, in der Öffentlichkeit konnte ich mich natürlich nie mit ihm zeigen. Auch nach dem Ableben seiner Gattin wollte er anstandshalber noch etwas warten, hat er gesagt. Genau an seinem Todestag wollte er mit mir zum ersten Mal ausgehen. Also habe ich mir vorgestellt, wie es gewesen wäre, und bin seither einmal im Monat in das Lokal gegangen, in das er mich ausführen wollte. Damals war es sehr elegant. Und als es Caruso übernommen hat … bin ich geblieben. Ich bin eine treue Person."

„Vielleicht sollten Sie das Testament an einem sicheren Ort hinterlegen. Nur für alle Fälle.“

„Er wird sich nicht mehr trauen, es anzufechten.“

„Das glaube ich auch, aber …“

Fräulein Anna schenkt Lila und dann sich selbst nach. Prostet ihr zu. „Besser, niemand ficht es an. Der Notar damals, er war sehr nett zu mir, er mochte mich. Herr Domayer wollte das Testament wirklich zu meinen Gunsten ändern, ich hatte es mir redlich verdient. Und er konnte seinen Neffen nicht ausstehen, aus guten Gründen, wie man sieht. Er hat es bloß nicht mehr ganz … geschafft. Man sollte nie zu lange warten. Übrigens: Wollen Sie auf Dauer bei mir wohnen? Ich habe schon überlegt, mir eine Untermieterin ins Haus zu nehmen. Man wird nicht jünger.“

Ist es der Schnaps, der Lila so seltsam im Kopf macht? Sie steigt die Treppe hinauf unters Dach. Eine gemütliche kleine Wohnung, vor allem wenn man einen Großteil der Möbel entfernt. Blick über Villen und hohe Bäume, auf viele Sterne. Fräulein Anna. Hinter ihr. „Wenn Sie ab und zu den Rasen mähen und mir die schwereren Einkäufe abnehmen, dann können Sie die Zimmer gratis haben. Mit Ihnen würde ich mich … sicher fühlen.“

„Wie ist es mit Stimmübungen mitten in der Nacht?“

„Ich höre schon etwas schlecht, außerdem: Wände und Decken sind dick.“

„Darf ich die Möbel … austauschen?“

„Etwas frischer Wind unter dem Dach kann nicht schaden.“

„Männer?“

„Wie könnte ich …“ Sie kichert beinahe kokett.

REZEPTE

1 Pasta mortale

Blätterteigtaschen mit Trüffelpastete
Risotto Milanese
Lachsfilet in Oliven-Kapern-Sauce
Spaghetti Carbonara

2 Wer fastet, stirbt länger

Zitronenhuhn
Mazzamurru

3 Die Rache des Oktopus

Oktopusgulasch
Erdäpfelgulasch
Überbackener Fenchel

4 À la Mord

Lachsforellen-Tatar mit vietnamesischen Gewürzen
Welsfilet auf Tomaten-Couscous
Kardamom-Schoko-Mousse mit Himbeergelee

5 Eine Heldinnentat

Zweierlei Saushi
Pikante klare Fischsuppe
Lamm aus dem Ofen

6 Gegen alles ein Kraut

Minestrone Sarda
Purpuzza

7 Sie haben das schon gegessen

Vesnas Cevapcici
Filetspitzen in Morchel-Mandel-Sauce

8 Wiener Kugel, mitten ins Herz

Zucchini-Carpaccio
Branzino in Saor
Schokokugeltraum

1 **Pasta mortale**

Blätterteigtaschen mit Trüffelpastete

100 g Blätterteig
150 g getrüffelte Leberpastete o. Ä. im Glas
1 Jungzwiebel
2 Eier
2 EL Brösel
Salz
Kräuter und Salatblätter, Olivenöl

Backrohr auf 220 Grad vorheizen.

Jungzwiebel in feine Ringe schneiden. Eier mit etwas Salz versprudeln, 2 EL Eiermasse zur Seite geben. Getrüffelte Leberpastete mit den Bröseln, Jungzwiebeln und dem Ei mischen. Den Blätterteig ganz kalt in ca. 8 cm große Quadrate schneiden (am besten geht das mit einem Teigrad). In die Mitte je ein Häufchen von der Masse geben. Die Ränder mit Ei einpinseln. Dann zu einem Dreieck zusammenlegen und den Rand festdrücken.

Ein Blech mit Backtrennpapier belegen, die Blätterteigtaschen darauf setzen. Mit dem restlichen Ei bepinseln. Backen, bis sie goldgelb sind. Das dauert ca. 20 Minuten. Auf einem mit Olivenöl beträufeltem Beet von Kräutern und/oder Salatblättern anrichten.

Es gibt nahezu unendlich viele Möglichkeiten, was man in die Blätterteigtaschen füllt. Wenn die Masse beim Backen zu dünn werden sollte, helfen Brösel und Ei zum Binden.

Risotto Milanese

200 g Reis der Sorten Carnaroli, Arborio, Vialone
60 g Butter
50 g ausgelöstes Knochenmark vom Kalb
1 kleine Zwiebel (60 g)
1 Knoblauchzehe
150 ml Weißwein
1 l Kalbsfond (oder Rindsuppe)
1 Päckchen Safranfäden
50 g geriebener Parmesan
Schwarzer Pfeffer aus der Mühle
Salz

Gut gesalzene Suppe zum Kochen bringen. In einem Topf das Knochenmark in 20 g Butter schmelzen. Darin fein geschnittene Zwiebel auf kleiner Flamme anschwitzen, sie soll keine Farbe bekommen. Reis und fein geschnittenen Knoblauch dazugeben. Rühren, bis die Körner glasig sind. Mit 100 ml Wein ablöschen. Unter Rühren bei geringer Hitze etwas einkochen lassen. Wenn das Ganze eine sämige Konsistenz hat, mit einem Schöpfer kochender Suppe begießen, die Safranfäden dazugeben und umrühren. Alle paar Minuten erneut einen Schöpfer Suppe dazugeben und rühren, bis der Reis al dente ist. Wichtig ist, dass immer etwas von der Kochflüssigkeit den Reis bedeckt. Wenn der Reis weich ist, aber noch Biss hat, den restlichen Wein dazugeben. Eine Minute köcheln lassen, dann die Hitze abdrehen. Echtes Risotto muss cremig sein und es zieht auch noch an, also lieber etwas suppiger lassen. Die restliche Butter und den geriebenen Parmesan einrühren, mit etwas frisch gemahlenem Pfeffer würzen. 3 Minuten ziehen lassen und in vorgewärmten tiefen Tellern servieren.

Lachsfilet in Oliven-Kapern-Sauce

500 g Lachsfilet
100 ml weißer Wermut
½ Zwiebel
2 EL kleine Kapern
2 EL kleine entkernte Oliven (am besten Taggiasca-Oliven)
100 ml Obers
1 TL Mehl
2 EL Olivenöl
Gemahlener Peperoncino
Salz

Die Haut und die dünneren Teile des Lachsfilets entfernen, sodass zwei schöne dicke Filets von je ca. 150 g übrig bleiben.

Die Reste in einem Topf ohne Öl anbraten, mit dem TL Mehl stauben, mit dem Wermut aufgießen. 200 ml Wasser und die halbe Zwiebel dazugeben, etwas salzen, mehr oder weniger Peperoncino dazugeben. 20 Minuten bei wenig Hitze köcheln.

Fond abseihen. Man kann ihn auch schon früher vorbereiten.

Wird das Gericht zubereitet, den Fond wieder aufkochen, Kapern, Oliven, Obers dazugeben. Wenn die Sauce kocht, die Lachsfilets in einer tiefen Pfanne mit wenig Olivenöl bei mittlerer Hitze anbraten. Nicht umdrehen, sondern die kochende Sauce darüber leeren. Pfanne zudecken, Hitze abdrehen und nach 5 Minuten servieren.

Das Gericht lässt sich natürlich auch mit anderen Fischfilets zubereiten.

Spaghetti Carbonara

200 g Spaghetti
70 g würziger in Scheiben geschnittener Schinkenspeck
2 Eier
50 g Pecorino Sardo
Salz
Schwarzer Pfeffer aus der Mühle
Petersilie

Den Speck in kleine Stücke schneiden. Die Eier in eine Schüssel geben, salzen und mit dem Schneebesen verschlagen. Den Pecorino reiben und kräftig pfeffern.

Die Spaghetti in einem Topf mit ausreichend Salzwasser al dente kochen. Unterdessen in einer tiefen Pfanne die Speckstücke bei geringer Hitze anbraten, bis das Fett austritt und sie sich zu färben beginnen. Zur Seite stellen und erst wieder anheizen, wenn man die al dente Spaghetti direkt aus dem Topf in die Pfanne gibt (mit einem Schaumlöffel oder einer Zange gelingt das gut). Kochwasser von der Hitze geben und stehen lassen. Nudeln und Speck vermischen, auch bei der Pfanne die Hitze abdrehen. Nach 2 Minuten die verschlagenen Eier, den geriebenen Käse und nach und nach zwei, drei Löffel heißes (nicht kochendes) Nudelwasser unterrühren, sodass eine homogene leichte Eiercreme entsteht. In heißen tiefen Tellern servieren.

Mit etwas gehackter Petersilie bestreuen.

Varianten: Anstelle von Speck röstet man grüne Spargelstücke/ Garnelen/in kleine Stücke geschnittenen Fisch in etwas Olivenöl an.

2 **Wer fastet, stirbt länger**

Zitronenhuhn

1 großes Bio-Huhn
1 Bio-Zitrone
2 EL Olivenöl
1 TL gemahlener Kreuzkümmel (Kumin)
1 TL gemahlener Koriander
1 TL Salzflocken
Evtl. Chiliflocken

Das Rohr auf 220 Grad vorheizen. Aus der Mitte der Zitrone sechs dünne Scheiben schneiden. Die beiden Enden in eine kleine Schüssel ausdrücken, mit Kreuzkümmel, Koriander, Salzflocken, eventuell Chili und 1 EL Olivenöl mischen. Das Huhn waschen, trocken tupfen und mit der Gewürzmischung einreiben.

In eine Tonschüssel oder einen Bräter 1 EL Olivenöl und 1 EL Wasser geben. Das Huhn darauf setzen. 15 Minuten offen garen, dann zudecken (wenn man keinen passenden Deckel hat, mit Alufolie), die Hitze auf 160 Grad reduzieren und pro Kilo Huhn 1 Stunde weiter braten.

Im Ganzen zu Tisch bringen, mit viel Brot servieren.

Wer möchte, kann mit dem Huhn auch kleine oder halbierte geschälte Kartoffeln mitbraten.

Mazzamurru

Es existieren unzählige Variationen dieses Rezepts zur Verwertung von älterem Weißbrot. Vor allem rund ums Mittelmeer gibt man saisonales Gemüse, je nach Gegend auch Käse dazu. Oft wird die Restwärme eines Backofens genutzt. Einige Varianten der *cucina povera* aus den sardischen Bergen tragen den schönen Namen Mazzamurru.

2 dicke Scheiben helles Brot
300 g frische Tomaten (oder eine kleine Dose Tomatenstücke, oder gegrillte Melanzani, Zucchini, Paprika ...)
2 Knoblauchzehen
1 Jungzwiebel
150 g Mozzarella (oder anderer gut schmelzender weicher Käse)
50 g Pecorino Sardo (oder anderer Hartkäse zum Reiben)
2 EL Olivenöl
Salz
Schwarzer Pfeffer aus der Mühle
Evtl. Peperoncinoflocken

Backrohr auf 220 Grad vorheizen. Die Brotscheiben in ganz wenig Olivenöl und Salz auf beiden Seiten toasten. In eine feuerfeste Form den Rest des Olivenöls geben, darauf die Brotscheiben. Tomaten schneiden, mit Salz, Pfeffer, fein geschnittenem Knoblauch und Jungzwiebel vermischen und darüber verteilen. Mozzarella zerteilen und als nächste Lage darauf geben. Alles mit geriebenem Pecorino bestreuen. Im Rohr ca. 15 Minuten backen, bis sich der Käse goldgelb färbt.

3 **Die Rache des Oktopus**

Oktopusgulasch

Weniger zuzubereiten, funktioniert schlecht. Aber: Wie jedes Gulasch lässt sich auch dieses sehr gut aufwärmen oder einfrieren.

1 kg Oktopus oder Tintenfisch, geputzt und kochfertig
1 kg Zwiebeln
2 Knoblauchzehen
1 TL glattes Mehl
60 ml Olivenöl
100 ml Weißwein
3 EL Paprikapulver (süß oder scharf)
1 EL Tomatenmark
1 EL Oregano
1 EL gemahlener Kreuzkümmel (Kumin)
1 Zweig Rosmarin
Evtl. Peperoncinopulver
Salz
Petersilie

Oktopus oder Tintenfisch waschen, in große Stücke schneiden. Olivenöl mit Rosmarin, Oregano und Kreuzkümmel in einen Topf geben, darin fein geschnittene Zwiebeln bei geringer Hitze anschwitzen, ohne dass sie Farbe bekommen. Fein geschnittenen Knoblauch, Tomatenmark und Mehl dazugeben, umrühren. Paprikapulver dazu, noch einmal umrühren und dann sofort mit dem Wein ablöschen. Mit 500 ml Wasser auffüllen, salzen. Nach dem Aufkochen die Oktopusstücke dazugeben. Zudecken, auf kleiner Flamme kochen und ab und zu umrühren. Wie lange es dauert, bis Oktopus oder Tintenfisch weich sind, variiert stark. Die Kochzeit kann eine, aber auch drei Stunden betragen. Waren die Kopffüßer tiefgefroren, ist die Garzeit kürzer. Wird die Sauce zu dick, einfach mit ein bisschen Wasser verdünnen.

Mit frisch geschnittener Petersilie servieren.

Wer findet, dass man diese offenbar hochsensiblen und intelligenten Tiere nicht essen sollte: Es gibt auch andere Varianten. Anstelle von Oktopus einfach Rind oder Schwein verwenden, oder, ganz klassisch und trotzdem vegetarisch, Kartoffeln.

Erdäpfelgulasch

500 g festkochende Kartoffeln
500 g Zwiebeln
1 Knoblauchzehe
1 TL glattes Mehl
30 ml Olivenöl
100 ml Weißwein
2 EL Paprikapulver (süß oder scharf)
1 EL Tomatenmark
1 TL Oregano oder Majoran
1 TL gemahlener Kreuzkümmel (Kumin) oder Kümmel
1 Zweig Rosmarin oder Thymian
Evtl. Peperoncinopulver
Salz
Petersilie
Evtl. Knackwurst, Kranzextra, Braunschweiger, Dürre

Kartoffeln waschen, schälen, je nach Größe ganz lassen oder in einige große Teile schneiden. Olivenöl mit Rosmarin (Thymian), Oregano (Majoran) und Kreuzkümmel (Kümmel) in einen Topf geben, darin fein geschnittene Zwiebeln bei geringer Hitze anschwitzen, ohne dass sie Farbe bekommen. Fein geschnittenen Knoblauch, Tomatenmark und Mehl dazugeben, umrühren. Paprikapulver dazu, noch einmal umrühren und dann sofort mit dem Wein ablöschen. Mit 500 ml Wasser auffüllen, salzen. 30 Minuten auf kleiner Flamme kochen lassen. Die Kartoffelstücke dazugeben, die Flüssigkeit sollte die Kartoffeln knapp bedecken. Weiterkochen und ab und zu umrühren. Wenn die Kartoffeln weich sind, mit Salz abschmecken, gehackte Petersilie einrühren.

Wer es deftiger mag, wärmt darin am Ende in Scheiben geschnittene Wurst.

Überbackener Fenchel

1 Fenchelknolle (ca. 400 g)
200 g gut schmelzender Schafkäse
50 g Pecorino oder Parmesan zum Reiben
40 ml Olivenöl
40 ml Süßwein
Schwarzer Pfeffer aus der Mühle
Salzflocken

Backrohr auf 190 Grad vorheizen. Fenchel der Länge nach vierteln. Den Strunk entfernen. Die Stücke in ein Tongefäß oder einen kleinen Bräter mit Deckel geben. Öl, Wein, Salz, Pfeffer darüber geben und wälzen, bis die Gewürze gut verteilt sind. Deckel darauf und ca. 45 Minuten backen, bis der Fenchel ganz weich ist.

Grillfunktion aufs Maximum vorheizen.

Fenchel mit Käse bedecken, Pecorino darüber reiben und den Fenchel im Ofen bei maximaler Temperatur überbacken.

Entweder im Topf oder auf mitgetoasteten Weißbrotscheiben servieren.

4 **À La Mord**

Lachsforellen-Tatar mit vietnamesischen Gewürzen

250 g Lachsforellenfilet ohne Haut
1 EL schwarze Pfefferkörner
1 kleine, in Stücke gebrochene Zimtstange
1 EL Saft von einer Bio-Zitrone
1 TL Salz
1 TL Kristallzucker
1 EL grüner Wasabi-Kaviar
2 dicke Scheiben Weißbrot
Balsamico-Glace
Blätter vom vietnamesischen Koriander (oder Fenchelgrün, kleinblättriges Basilikum ...)

Die Pfefferkörner und den Zimt ohne Fett in einer Pfanne rösten, bis sie zu riechen und zu springen beginnen. In einem Mörser zerkleinern. Zu große Zimtstücke aussieben, dann in einer Schüssel mit Zitrone, Salz, Zucker mischen. Das Lachsforellenfilet mit einem scharfen Messer möglichst klein schneiden, mit der Gewürzmischung locker durchrühren. 1 Stunde (es kann auch mehr sein) zugedeckt im Kühlschrank ziehen lassen.

Die Brotscheiben toasten (am schönsten ist es, wenn man sie vorher rund aussticht – das geht auch mithilfe eines Wasserglases) und auf jeweils einen großen runden Teller legen. Das Lachsforellen-Tatar darauf häufen. Rundum mit der Balsamico-Glace einen Kreis ziehen. Den Kreis mit vietnamesischem Koriander und Wasabi-Kaviarperlen garnieren.

Welsfilet auf Tomaten-Couscous

Tomaten-Couscous
100 g Couscous
250 g Kirschtomaten
2 Knoblauchzehen
1 EL Tomatenmark
40 ml Olivenöl
100 ml Weißwein
2 Jungzwiebeln
1 Lorbeerblatt
1 EL fein geschnittener frischer Rosmarin
Evtl. Chiliflocken
Salz

Welsfilet
300 g Wels (weiß oder rot – am weißen sollte die Haut drauf sein)
40 ml süß-scharfe Chilisauce
Mehl zum Bestäuben
20 ml hoch erhitzbares Öl („Bratöl", raffiniertes Sonnenblumen-, Raps- oder Erdnussöl)
20 ml Olivenöl
Salzflocken

Das Welsfilet halbieren. Mit Salz und Chilisauce würzen.

Kirschtomaten halbieren. In einem Topf 40 ml Olivenöl erhitzen, fein geschnittene Jungzwiebeln (die grünen Spitzen zum Garnieren aufheben) und Knoblauch dazugeben, umrühren. Das Tomatenmark und eventuell Peperoncino dazugeben, umrühren, dann die frischen Tomaten dazu, mit dem Wein ablöschen und 5 Minuten kochen. Sollten die Tomaten zu wenig Flüssigkeit lassen, etwas Wasser oder Gemüsefond dazugeben (für 100 g Couscous braucht man in etwa 300 ml Flüssigkeit), Couscous einrühren, wieder aufkochen. Die Hitze abdrehen, zudecken und das Couscous am Herdrand 5 Minuten quellen lassen.

In dieser Zeit Öl in einer Pfanne heiß werden lassen. Die Welsfilets auf der Hautseite bemehlen und ein paar Minuten knusprig braten. Hitze aufs Minimum reduzieren, Fisch umdrehen, mit 20 ml Olivenöl beträufeln und glasig ziehen lassen.

Couscous in die Mitte großer vorgewärmter Teller geben. Am schönsten gelingt das mit einem Servierring. Darauf das Fischfilet setzen. Mit Jungzwiebelspitzen verzieren.

Kardamom-Schoko-Mousse mit Himbeergelee

Eine kleinere Menge lässt sich schlecht zubereiten – aber das schnittfeste Mousse hält einige Tage im Kühlschrank. Und wenn man es einfriert und eine Viertelstunde vor dem Servieren wieder aus dem „Tiefkühlschlaf" weckt, dann hat man ein super Semifreddo.

Himbeergelee
400 g Himbeeren
2 El Zucker
20 ml Zitronensaft
40 ml Himbeersirup
Evtl. 40 ml Himbeerbrand
2 El Agar-Agar

Himbeersirup mit 100 ml kaltem Wasser (oder 40 ml Himbeerbrand und 60 ml Wasser) mischen und das Agar-Agar darin auflösen.

Die schönsten Himbeeren zur Seite geben. Die anderen in einem kleinen Topf mit Zucker und Zitronensaft aufkochen, das aufgelöste Agar-Agar dazugeben und 5 Minuten kochen lassen.

Eine kleine Form mit Klarsichtfolie auskleiden (es geht am besten, wenn man zwischen Form und Folie ein paar Tropfen Wasser gibt).

Die Himbeer-Flüssigkeit durch ein feines Sieb streichen und in die Form füllen. Im Kühlschrank fest werden lassen. Agar-Agar wird (anders als Gelatine) erst schnittfest, wenn es ganz durchgekühlt ist.

Kardamom-Schoko-Mousse
200 g Schokolade (75 %)
6 Dotter
1 kleiner Espresso
40 ml Rum (oder Apfelsaft)
6 Blatt Gelatine
½ l Obers
1 TL gemahlener Kardamom
4 Blätter Apfelminze

Gelatine in kaltem Wasser einweichen. Einen Topf mit Wasser, der so groß ist, dass der Schneekessel darauf passt, zum Kochen bringen. Kaffee mit den Dottern und dem Kardamom über dem aufsteigenden Dampf schlagen. Das geht am besten mit einem Handmixer, am „originalsten" ist es mit dem Schneebesen. So wird auch eine Fitness-Übung daraus. Wenn sich das Volumen verdoppelt hat und die Masse warm ist, die Gelatine ausdrücken, in gewärmtem Rum (oder Apfelsaft) auflösen und einrühren. Von der Hitze nehmen und weiterschlagen, bis die Masse lauwarm ist. Schokolade schmelzen, mit dem Schneebesen in die warme Dottermasse einrühren. Obers schlagen und vorsichtig darunterziehen. Eine Kastenform mit Klarsichtfolie glatt auslegen. Kardamom-Schoko-Mousse einfüllen und einige Stunden kühl stellen.

Das Himbeergelee stürzen und in Würfel schneiden. Das Kardamom-Schoko-Mousse stürzen. Auf großen kühlen Tellern eine Scheibe davon anrichten. Mit Himbeergelee-Würfeln, frischen Himbeeren und Apfelminze verzieren.

5 **Eine Heldinnentat**

Zweierlei Saushi

Diese Weinviertler Antwort auf Sushi hat (natürlich) Manfred Buchinger erfunden.

100 g Sauerkraut
100 g Rotkrautsalat
50 g Dosen-Ananas
1 EL süß-scharfe Chilisauce
½ Apfel
Lebkuchengewürz
Schwarzer Pfeffer aus der Mühle
100 g nicht zu dünn geschnittener Rohschinken
Wasabi aus der Tube
1 EL Olivenöl

Sauerkraut gut ausdrücken, den Saft zur Seite geben. Rotkrautsalat gut ausdrücken, auch diese Flüssigkeit zur Seite geben. Ananasstücke klein schneiden, mit Sauerkraut und süß-scharfer Chilisauce mischen. Apfel klein schneiden und mit Rotkraut, Lebkuchengewürz, schwarzem Pfeffer mischen.

Rohschinkenblätter auf ein Brett legen, bis zur Hälfte (die ganze Breite, die halbe Länge) mit der einen oder anderen Fülle belegen und fest zusammenrollen. Die Rollen in der Mitte mit einem scharfen Messer durchschneiden, mit der glatten Schnittseite nach oben aufstellen.

Etwas Sauerkrautsaft und Ananassaft mit 1 TL Olivenöl und Wasabi aus der Tube verrühren. Dasselbe mit dem Rotkrautsaft plus 1 TL Olivenöl und Wasabi machen.

Die beiden Wasabi-Cremen mit dem Pinsel oder Löffel auf Teller streichen, die Saushi entlang der Striche anrichten.

Pikante klare Fischsuppe

Diesen Fischfond kann man auch gut einfrieren – weniger als 2 Liter zuzubereiten, wäre schade.

1 kg Abschnitte von hellfleischigen, nicht zu fetten Fischen (Haut, Köpfe, Gräten, weniger schöne oder grätenreiche Teile)
Grätenfreie Fischstücke und/oder Meeresfrüchte (Lachswürfel, Garnelen, Muschelfleisch, Stücke vom Wels, Wolfsbarschfilet-Teile) – ca. 100 g pro Person
250 ml trockener Weißwein
2 l Wasser
3 EL Olivenöl
1 daumengroßes Stück Ingwer
2 große Zwiebeln
2 Stangen Sellerie
1 kleine Stange Lauch
2 große Karotten
1 TL Koriandersamen
1 TL Neugewürzkörner
1 TL schwarzer Pfeffer
Broccoli-Röschen, Zucchini-Würfel, Spargelspitzen, grüne Erbsen – je nach Saison
Salz
Evtl. Chilisauce
Evtl. klarer Kokosrum
Jungzwiebel zum Garnieren

Gemüse waschen, Karotten und Zwiebeln schälen. Vom Lauch den zartgrünen Teil, vom Stangensellerie den schönsten Teil und die geschälten Karotten zur Seite geben. Den Rest für den Fond in grobe Stücke schneiden. Die Stücke gemeinsam mit den Karottenschalen, dem geschälten Ingwer und den halbierten Zwiebeln in Olivenöl ganz kurz anschwitzen – nichts sollte Farbe bekommen. Mit Weißwein ablöschen, mit Wasser aufgießen. Die Fischabschnitte und die Gewürze dazugeben und zum Kochen bringen. Hitze aufs Minimum reduzieren. Salzen. Die Karotten ca. 15 Minuten im Fond bissfest kochen. Den Fond nach insgesamt ½ Stunde zur Seite stellen und weitere 15 Minuten ziehen lassen. Danach durch ein feines Sieb seihen.

Die Menge, die man braucht, wieder zum Kochen bringen. Pro Person berechnet man im Allgemeinen 200 ml klaren Fond. Karotten, Stangensellerie, Lauch, eventuell weiteres Gemüse der Saison in mundgerechte Stücke schneiden, Ingwer fein hacken oder in ganz dünne Scheiben schneiden, alles in der Suppe aufkochen. Fische und Meeresfrüchte einlegen und auf kleiner Flamme 1 Minute gar ziehen lassen (am besten schmecken sie, wenn sie noch glasig sind). Eventuell mit etwas Chilisauce würzen und frisch geschnittene Jungzwiebelringe dazugeben. In tiefen heißen Tellern anrichten.

Ein Schuss klarer Kokosrum gibt der Fischsuppe eine besondere exotische Note.

Lamm aus dem Ofen

Wichtig ist: Nur „durchzogenes" Fleisch mit etwas Fett wird beim langen Braten zart und saftig.

Das Gericht eignet sich auch sehr gut, um mehr Menschen zu bekochen: Dann nimmt man eine ganze Lammschulter, eventuell sogar einen ganzen Lammschlögel und entsprechend mehr Gemüse. Hat man keinen so großen Bräter mit Deckel, verschließt man alles mit Alufolie.

500 g Lamm (Ausgelöster Hals, Schulter, Schlögl)
4 kleine festkochende Kartoffeln (300 g)
1 große Karotte
4 Schalotten
2 getrocknete Tomaten in Öl
40 ml Olivenöl
40 ml Wermut oder nicht zu saurer Weißwein
1 Lorbeerblatt
2 Zweige Rosmarin
Schwarzer Pfeffer aus der Mühle
Salzflocken

Backrohr auf 250 Grad vorheizen.

20 ml Olivenöl und Wermut in einen gut schließenden Bräter (am besten aus Eisen oder Ton und nicht viel größer als der Inhalt) geben, mit Salzflocken bestreuen. Die geschälten Kartoffeln und Schalotten, die getrockneten Tomaten im Ganzen, die geschälte Karotte in vier Teile geteilt darauf legen. Das Lamm pfeffern und mit Salzflocken bestreut auf das Gemüse legen. Rosmarinzweige, Lorbeerblatt und das restliche Öl darauf. Mit dem Deckel gut verschließen und ins Rohr geben. Nach 15 Minuten die Temperatur auf 150 Grad reduzieren. 2 Stunden backen.

Das Lammschulter im Ganzen im Bräter zum Tisch bringen.

6 **Gegen alles ein Kraut**

Minestrone Sarda

Das „richtige" Minestrone-Sarda-Rezept gibt es nicht. Es wird einfach verwendet, was da ist. Gibt's keinen Stangensellerie, dann vielleicht Zucchini. Hat man zu viel Paprika: rein damit! Artischocken sind sowieso immer gut – und noch dazu gesund. Will man mehr Hülsenfrüchte, dann nimmt man Bohnen und Kichererbsen, oder eben viel von einer Sorte. Möchte man zusätzlich Kartoffeln verwenden (und so das Gericht cremiger, dicker machen), dann schneidet man sie roh, wie das restliche Gemüse, in Würfel und gibt sie dazu. Wenn es keine frischen Tomaten gibt, nimmt man getrocknete. Oder gar keine. Wer die Minestrone nicht fleischlos mag, röstet zu Beginn etwas Wurst oder Speck mit. Und ob und wie viel Chili man verwendet: Geschmackssache! Jedenfalls sollte diese besondere Minestrone am Ende reichhaltig sein – eher ein Ragout als eine klassische Suppe. Wenn der am Schluss darauf geriebene Pecorino nicht „untergeht", sondern sichtbar bleibt, hat sie die klassische Konsistenz.

Weniger als 4 Portionen zu kochen, zahlt sich nicht aus. Man kann diese Minestrone hervorragend aufwärmen und beim zweiten Mal ergänzen.

1 mittelgroße Zwiebel (120 g)
2 Karotten (150 g)
1 Zucchini (200 g)
½ Knolle Fenchel (120 g)
3 Knoblauchzehen
4 Tomaten (200 g)
100 g Kichererbsen
100 g Fregola Sarda (oder andere Pasta in kleine Stücke brechen)

20 ml Olivenöl
10 ml trockener Wermut
1 Zweig Rosmarin
1 Zweig Thymian
1 Zweig Oregano
2 Lorbeerblätter
1 Chilischote oder Pfefferoni
Salz
40 g Pecorino
Viel frische Petersilie

Kichererbsen 12 Stunden einweichen. Zwiebel klein schneiden und in Olivenöl bei kleiner Hitze in einem Topf anschwitzen. Zucchini, Fenchel, Karotte, anderes Gemüse in kleine Würfel schneiden und kurz mitrösten. Knoblauchzehen mit der flachen Messerseite zerdrücken, gemeinsam mit den Gewürzen dazugeben, umrühren. Mit Wermut ablöschen. In Stücke geschnittene Tomaten und die abgetropften Kichererbsen dazugeben. Mit so viel Wasser auffüllen, dass es 3 Fingerbreit über allem steht. Bei geringer Hitze zugedeckt kochen, bis die Kichererbsen weich sind. Das dauert ca. 45 Minuten. Mit Salz abschmecken. Fregola einrühren und weiterköcheln, bis sie bissfest ist.

Die Minestrone Sarda mit frisch geschnittener Petersilie vollenden, in tiefen warmen Tellern anrichten, Pecorino darüber reiben.

Purpuzza

300 g Schopf, Schulter oder Hals vom Freilandschwein oder vom Lamm
20 ml Weißweinessig
40 ml Bratöl (raffiniertes Olivenöl, Sonnenblumenöl, Rapsöl)
4 ml Olivenöl
2 große Scheiben Pane Carasau
8 Kirschtomaten oder andere Tomaten
1 Jungzwiebel
Schwarzer Pfeffer aus der Mühle
Salzflocken

Das Fleisch fein schneiden oder grob faschieren. In einer großen schweren Pfanne – am besten ist Gusseisen – das Bratöl ganz heiß werden lassen. Das Fleisch bei maximaler Hitze braten, mit Salz, Pfeffer und Essig würzen, immer wieder durchrühren, bis es knusprig wird.

Pane Carasau auf große Teller legen, mit geschnittenen Tomaten und Jungzwiebeln belegen, salzen und mit Olivenöl beträufeln. Die Purpuzza darauf verteilen.

Eine feine und leichtere Variante: Purpuzza vom Schwertfisch.

7 **Sie haben das schon gegessen**

Vesnas Cevapcici

Der Trick bei den „original" Cevapcici: gut kneten und ja kein Brot oder Ei dazugeben.

300 g Faschiertes (Gemischt, oder vom Rind, oder vom Lamm)
1 Jungzwiebel
2 Knoblauchzehen
1 EL scharfer Senf
1 EL Ketchup
1 EL scharfer gemahlener Paprika
1 EL gemahlener Koriander
20 ml Olivenöl
Salz

Jungzwiebel und Knoblauch fein schneiden, alle Zutaten gut miteinander verkneten. Kleine Würstchen formen, mit Olivenöl bestreichen und am Holzkohlengrill oder in einer schweren Pfanne rundum knusprig braten.

Klassisch dazu ist **Zwiebelsenf**: dafür einfach den Lieblingssenf mit fein geschnittener Zwiebel oder Jungzwiebel mischen.

Filetspitzen in Morchel-Mandel-Sauce

400 g Filetspitzen vom Rind, Kalb, Schwein
4 Schalotten
40 ml Erdnussöl oder ein anderes gut erhitzbares Öl
20 g Butter
30 g getrocknete Morcheln
200 ml Vollmilch
30 g weiße Mandelblättchen (oder geschälte Mandeln in Stifte schneiden)
1 TL glattes Mehl
40 ml Metaxa (oder ein anderer süßlicher Brandy)
150 g Crème fraîche
Salz
Schwarzer Pfeffer aus der Mühle

Getrocknete Morcheln mit lauwarmem Wasser gut waschen. Dann in Milch einlegen und eine Stunde aufquellen lassen. In einem Sieb abtropfen, die Milch aufheben.

Filetspitzen in ca. 4 cm große Stücke schneiden. In einer hohen Pfanne Öl erhitzen, die Filetspitzen ganz rasch und heiß anbraten und zur Seite geben. Den Bratrückstand mit der Butter ergänzen. Fein geschnittene Schalotten anschwitzen, ohne dass sie Farbe bekommen. Morcheln und Mandeln kurz mitschwenken. Mit Mehl stauben, mit Metaxa ablöschen, aufkochen. Die Milch dazugeben, salzen, pfeffern, 15 Minuten auf kleiner Flamme kochen. Crème fraîche einrühren, die Filetspitzen (samt ausgetretenem Saft) einlegen, zudecken und ein paar Minuten köcheln.

Sehr gut dazu: knuspriges Weißbrot oder gebratene Polentascheiben.

8 **Wiener Kugel, mitten ins Herz**

Zucchini-Carpaccio

2 ganz junge Zucchini (höchstens 10 cm lang)
6 Zucchiniblüten
100 g Ricotta
1 Stück Toastbrot
1 EL Mehl
Olivenöl
1 EL süß-scharfe Chilisauce
1 EL frisch geschnittenes Basilikum
Salzflocken

Zitronenöl:
Olivenöl
40 ml Zitronensaft
Schwarzer Pfeffer aus der Mühle
Prise Zucker
Salz
Balsamico-Glace

Zucchini dünn der Länge nach schneiden (am besten mit der Schneidmaschine) und damit große flache Teller belegen.

Zitronensaft, Salz, Zucker und schwarzen Pfeffer in einem hohen schmalen Gefäß stabmixen, dann unter ständigem Mixen Olivenöl dazugeben, bis sich eine cremige Emulsion bildet.

Ricotta, zerkrümeltes Toastbrot, Chilisauce und Basilikum mischen, salzen. Wer mag, kann zu dieser Masse auch Sardellenfilets oder fein geschnittene Schinkenstücke mischen. Die Zucchiniblüten damit füllen, etwas flach drücken und auf beiden Seiten in Mehl tauchen. In 20 ml Olivenöl bei mittlerer Hitze in der Pfanne auf beiden Seiten braten. Das Zucchini-Carpaccio mit der Zitronenöl-Emulsion beträufeln, darauf die gebratenen Zucchiniblüten legen. Mit Balsamico-Glace verzieren.

Branzino in Saor

300 g Wolfsbarschfilet (= Branzino, oder andere Filets verwenden – „klassisch" im Veneto sind Sarde in Saor)
1 mittelgroße Zwiebel (100 g)
80 ml Olivenöl
80 ml Weißwein
20 ml Weißweinessig
1 EL Mehl
1 EL Rosinen
1 EL Pinienkerne
1 EL Kapern
1 Lorbeerblatt
Schwarzer Pfeffer aus der Mühle
Salz

Die Wolfsbarschfilets auf der Hautseite in Mehl tauchen. In 30 ml Olivenöl auf der Hautseite knusprig braten, dann die Hitze abdrehen und die Fische wenden. Nach 5 Minuten die Filets in eine Schüssel oder einen Vorratsbehälter legen. In der Pfanne den Bratrückstand mit 20 ml Olivenöl ergänzen, darin Zwiebelringe (ca. 0,5 cm dick) braten, bis sie Farbe bekommen. Mit Weißwein und Essig ablöschen. Lorbeerblatt, Rosinen, Kapern, Pinienkerne, Pfeffer dazugeben und bei geringer Hitze 10 Minuten köcheln, bis die Zwiebelringe weich sind. Mit Salz abschmecken.

Die Zwiebelmarinade über die Wolfsbarschfilets geben. Üblicherweise lässt man Fische in Saor einen bis mehrere Tage im Kühlschrank durchziehen, bevor man sie mit etwas zusätzlichem Olivenöl anrichtet.

Wolfsbarsch in Saor schmeckt allerdings auch schon nach einer halben Stunde und lauwarm sehr gut.

Schokokugeltraum

Wer sich vor Kugeln verschiedenster Art fürchtet (zu süß/zu tödlich), sollte dieses ganz einfache Rezept probieren.

200 g Fertigkuchen (Biskuit, einfacher Schokokuchen o.Ä.)
150 g dunkle Schokolade
3 EL Marmelade
40 ml Rum
Kakao oder Schokostreusel

Einen Topf mit Wasser zum Kochen bringen, die Hitze aufs Minimum reduzieren. Einen kleineren mit der zerteilten Schokolade darauf stellen und ab und zu rühren, bis die Schokolade geschmolzen ist.

Den Kuchen in eine Schüssel bröseln. Marmelade, je nach Geschmack süß oder säuerlicher, und Rum dazugeben, die Schokolade darüber leeren. Alles gut vermischen. Ein flaches Gefäß mit Kakao oder Schokostreuseln bestreuen. Aus jeweils einem gehäuften Teelöffel Masse mit den Händen Kugeln formen (die Masse ist ziemlich weich, aber das passt) und sie sofort im Kakao oder den Streuseln wälzen. Die Kugeln für einige Stunden in den Kühlschrank stellen.

DANKE!

Kulinarik hat sehr viele Facetten – ich habe das Glück, einige davon zu kennen. Anders als gewisse Klischees und Shitstorms vermuten lassen: Selbst in der Profiküche sind die wenigsten mörderisch.

Aber: Zwischen Genuss und Askese, zwischen Hingabe, Selbstoptimierung und Manipulation, zwischen respektvollem Umgang und Gier ist bekanntlich vieles möglich. Und das reicht weit über die Kulinarik hinaus.

Bei Manfred Buchinger in seiner „Alten Schule" im Weinviertel habe ich weit mehr als bloß kochen gelernt. Er ist einer der großen Meister – und, was für mich mehr zählt, ein guter Freund. Auch nach Jahrzehnten macht es immer noch Freude, mit ihm in der Küche zu stehen. Dass Hussam Al Zalek, der vor nun zehn Jahren aus Syrien fliehen musste, bei uns die Kochlehre absolviert hat und jetzt im Sacher kocht, erfüllt mich mit Freude. Auch von ihm und seiner lieben Frau Maria Debs habe ich viel gelernt.

Was letztlich zählt, sind eben Beziehungen – wie die zum Weingut Döllinger, allen voran zu Joschi. Oder zu Romana, eine Freundschaft, die schon seit dem Frauenvolksbegehren hält. Bei ihr muss ich mich fürs Oktopusgulasch entschuldigen (sie ist mir immer wieder gutes schlechtes Gewissen!). Was für ein Glück, auch Teil einer so liebenswerten, vier Generationen umfassenden Familie zu sein – von Mama bis zur kleinen Jana und Lotti.

Meine Schwester Elisabeth alias Lila begleitet mich durchs Leben – und natürlich auch immer wieder nach Sardinien. Dort haben mein Mann Ernest und ich eine zweite Heimat gefunden. Es macht mir Freude, auch in meinen Romanen und Kurzgeschichten von dieser so besonderen Insel zu erzählen. Kulinarische Zusammenhänge ergeben sich dabei fast von selbst – ich kenne kein Land, in dem so viel und leidenschaftlich übers Essen geredet, in dem gute Gemeinschaft so viel mit gutem Essen zu tun hat. Danke, Luca (er hat mir auch die super Fußballmannschaft Cagliari nahegebracht – jetzt bin ich eine echte *tifosa*). Danke, Danilo, Maria und Ettore, Dani und Fabrizio, und, und … und ans schwarze Schaf alias Pecora Nera für ihre so besonderen Reiseführer und -geschichten. Mehr Infos und Tipps zu Sardinien gibt's auf meiner Homepage.

Die Kurzgeschichte „À la Mord" ist in leicht abgewandelter Form mit dem Titel „Ums Eck" im wunderbaren Sammelband „Messer, Gabel, Mord" im Residenz Verlag erschienen. Herausgeberin Rotraut Schöberl ist mir seit vielen Jahren ans Herz gewachsen: als Büchermensch (ihre und Erwin Riedessers Buchhandlung Leporello war ein ganz besonderes Beispiel für die mit Hingabe und Professionalität geführten, individuell-persönlichen Buchhandlungen), jetzt auch als Autorin, Herausgeberin und überhaupt als Mensch, der versteht, die schönen Seiten des Lebens zu sehen. Übrigens: Buchhandlungen sind der allerbeste Platz, um Bücher zu kaufen – man wird beraten, manchmal sogar verführt … und fast alle liefern auch online. Gut zu wissen: Solange es die Buchpreisbindung gibt, kosten Bücher überall dasselbe! Der Hauptverband des Österreichischen Buchhandels hat neben vielen Infos auch eine Liste mit Buchhandlungen.

Apropos Profis: Das Team rund um „meinen" Folio Verlag (nach nunmehr dreißig Jahren gemeinsamer Buchgeschichte traue ich mich, dieses Possessivpronomen zu verwenden) ist weit mehr als ein professioneller Partner für das, was ich so erzähle. Marylou, Ludwig, Hermann, Joe, Uli, Adele und die anderen sind zu Freunden geworden, mit denen Ernest und ich – unter anderem – auch gerne gemeinsam essen. Einfach so. „Business"-Essen kann ich nicht ausstehen – schon seit meiner Frühzeit als Journalistin wird mir davon tatsächlich übel. Dabei vertrage ich ansonsten so gut wie alles – und manchmal vielleicht sogar zu viel. Aber Askese wird wohl auch in Zukunft nicht mein Ding.

www.evarossmann.at
www.folioverlag.com
www.buchingers.at
www.doellinger.at
www.frauschoeberl.at
https://buchhandel.at/buchhandlungen/
www.buchhandlung.de/karte/
https://pecora-nera.eu/